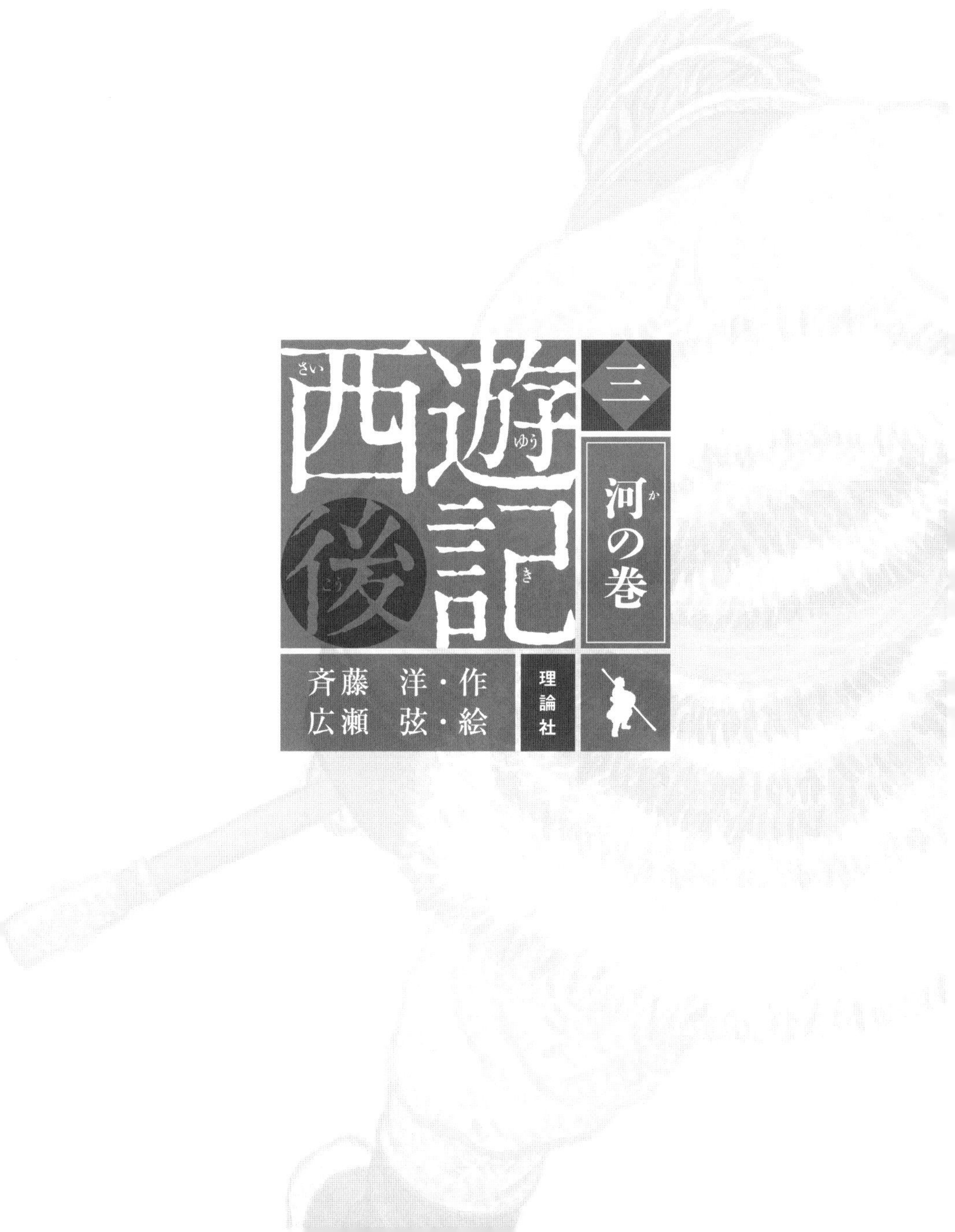

西《さい》遊《ゆう》後《こう》記《き》

三

河《か》の巻

斉藤 洋・作
広瀬 弦・絵

理論社

西《さい》遊《ゆう》後《こう》記《き》

三

河《か》の巻

「河の巻」
主な登場人物

東海竜王《とうかいりゅうおう》敖広《ごうこう》

沙悟浄《さごじょう》

玄奘三蔵の三番弟子として天竺にお供をして「金身羅漢《こんしんらかん》」という名をもらった。いまは三蔵とともに弘福寺《こうふくじ》にいる

辮機《べんき》

玄奘三蔵の四番弟子

玉竜《ぎょくりゅう》

西海竜王《せいかいりゅうおう》の子。馬として玄奘三蔵を天竺まで乗せ、「八《はち》部天竜馬《ぶてんりゅうば》」という名をもらった

猪八戒《ちょはっかい》

玄奘三蔵の二番弟子として天竺にお供をして「浄壇使《じょうだんし》者《しゃ》」という名をもらった。いまは婿《むこ》入《い》り先の高老荘に戻っている

孫悟空《そんごくう》

石から生まれた猿。玄奘三蔵の一番弟子として天竺にお供をして「闘戦勝仏《とうせんしょうぶつ》」という名をもらった。いまは水《すい》簾洞《れんどう》に戻っている

玄奘三蔵《げんじょうさんぞう》

天竺《てんじく》へ経をもとめて旅をして、釈迦如来《しゃかにょらい》から「栴檀功徳仏《せんだんくどくぶつ》」という名をもらった高僧。いまは長安の都で経を訳している

広目天王《こうもくてんのう》

四天王のひとり。西天門をまもっている

河将軍《かしょうぐん》

帝《みかど》に仕える将軍

北海竜王敖順《ほっかいりゅうおうごうじゅん》

南海竜王敖欽《なんかいりゅうおうごうきん》

武曲星君《ぶきょくせいくん》

玉帝の臣下

黄勇《こうゆう》

啓夏門《けいかもん》の門番の隊長

多聞天王《たもんてんのう》

(別名、托塔李《たくとうり》天王)

四天王のひとり。北天門をまもっている

冷竜《れいりゅう》

北海竜宮に住む竜

太白金星《たいはくきんせい》

玉帝に仕える老人

玉帝《ぎょくてい》

天界の王

第一譚《たん》　芙蓉池《ふよういけ》の怪《かい》

第一譚《たん》 芙《ふ》蓉《よう》池《いけ》の怪《かい》

序《じょ》

奇妙《きみょう》なこと？　いいねえ。奇妙《きみょう》！　いいひびきの言葉だ。それで、奇妙《きみょう》なことって、どんなことだ。

花果山水簾洞《かかざんすいれんどう》の奥《おく》の広間に玉座《ぎょくざ》がある。

人間の王の玉座《ぎょくざ》ではない。猿《さる》の王のものだ。

玉座《ぎょくざ》にすわり、手足をぐったりとのばして、猿《さる》の王がすわっている。いや、すわっているというより、だらしなく寝《ね》ているというふうだ。

しかし、どうやら眠《ねむ》ってはいないようだ。その証拠《しょうこ》に目を大きく開け、天井《てんじょう》を見つめている。その目を見れば、人間なら白目のところが赤く、瞳《ひとみ》は金色だ。

そんな猿《さる》は古今東西一匹《ぴき》、いや、ひとりしかいない。

斉天大聖孫悟空《せいてんたいせいそんごくう》、それがその猿《さる》の名だ。

玉座《ぎょくざ》の肘《ひじ》かけにだらりとのせていた両腕《りょううで》を頭のうしろでくんで、悟空《ごくう》がつぶやいた。

「たいくつだな……。」

玉座《ぎょくざ》のすぐ下には、左右にわかれ、それぞれふたつずつ席がならんでいる。それは四長老、流元帥《りゅうげんすい》、馬元帥《ばげんすい》、崩将軍《ほうしょうぐん》、芭将軍《はしょうぐん》のいすだ。四長老は微動《びどう》だにせず、姿勢《しせい》をただして、行儀《ぎょうぎ》よくすわっている。そのほか、壁《かべ》ぎわにはずらりと猿《さる》たちがならんでいる。みな、それぞれの身分に応《おう》じた服を着ている。このごろ、ここ水簾洞《すいれんどう》には、はだかの猿《さる》は一匹《ぴき》もいない。

悟空《ごくう》のつぶやきを聞いて、流元帥《りゅうげんすい》が顔をあげ、悟空《ごくう》を見て、いった。

「大聖様《たいせいさま》。どこかに遊びにいかれてはいかがでしょうか。」

そういわれるのを待っていたかのように、悟空《ごくう》は体を起こして、いった。

「遊びにいくって、どこへ?」

「どこへでも、大聖様《たいせいさま》のいかれたいところへいかれるのがよろしいかと……。」

流元帥《りゅうげんすい》がそういったとき、芭将軍《はしょうぐん》の部下が広間にかけこんできて、芭将軍《はしょうぐん》に何か耳うちをした。

芭将軍《はしょうぐん》がうなずいて、立ちあがる。

「大聖様《たいせいさま》。お客様がいらしたとのことです。」

「客ってたって、どうせ八戒《はっかい》だろ。」

あまり興味《きょうみ》なさそうに、悟空《ごくう》がそういうと、芭将軍《はしょうぐん》は首をふった。

「いいえ。天蓬元帥様《てんぽうげんすいさま》ではございません。」

「じゃ、だれだ。まさか、観音《かんのん》の野郎《やろう》がきたわけでもないだろ。まあ、あいつなら、用があったって、自分じゃこないだろうがな。いったいだれがきたんだ。」

「はい。東海竜王様《とうかいりゅうおうさま》でございます。」

「東海竜王《とうかいりゅうおう》って、敖広《ごうこう》がきたのか。そういえば、あいつ、こんど竜宮《りゅうぐう》の茶をとどけるっていってたな。すぐに客間に案内し、茶を出せ。いちばん上等なやつだぞ。」

悟空《ごくう》はそういって立ちあがった。

悟空《ごくう》といっしょに四長老が立ちあがる。

馬元帥《ばげんすい》が、

「それでは、わたくしがまいりましょう。」

といい、何匹《ひき》かの猿《さる》をしたがえて、広間から出ていった。

馬元帥《ばげんすい》のうしろ姿《すがた》を見送りながら、悟空《ごくう》は流元帥《りゅうげんすい》に命じた。

「お師匠様《ししょうさま》からいただいた仏弟子《ぶつでし》の衣《ころも》と、虎《とら》の毛皮の腰巻《こしまき》。それから歩雲履《ほうんり》を持ってこい。そうだ。にせの緊箍《きんこ》もだ。」

「東海竜王様《とうかいりゅうおうさま》とおでかけになるのですか。」

流元帥《りゅうげんすい》にたずねられ、悟空《ごくう》は答えた。

「そうはいってない。あいつと会うときは、いつもこっちから竜宮《りゅうぐう》に出かけていったときだ。そういうとき、こんなきらびやかな王の衣装《いしょう》は着ていない。いつだって、仏《ぶつ》弟子《でし》のかっこうでいっている。きんきらきんの衣《ころも》で出ていって、あいつをおどろかせてもいかんからな。」

だいたい竜《りゅう》というものは、おしなべて派手好《はでず》きだ。だから、悟空《ごくう》がきらびやかな王の衣《ころも》を着ていたところで、東海竜王《とうかいりゅうおう》がおどろくとは思えない。だが、そういう衣装《いしょう》を見れば、東海竜王《とうかいりゅうおう》のことだ、お世辞のひとつもいうだろう。華美《かび》な服をほめられても、うれしくはない。

流元帥《りゅうげんすい》が持ってきたもの、つまり、玄奘三蔵《げんじょうさんぞう》のともをして天竺《てんじく》にいったときの衣装《いしょう》一式と、東海竜王敖広《とうかいりゅうおうごうこう》の弟の南海竜王敖欽《なんかいりゅうおうごうきん》のところの職人《しょくにん》が作ったにせの緊箍《きんこ》を身につけると、悟空《ごくう》は、

「じゃあ、客に会うか。」

といって、客間にむかった。

三匹《びき》の長老をしたがえて、客間に入ると、赤くて丸い机《つくえ》をまえにして、東海竜王敖広《とうかいりゅうおうごうこう》がいすに腰《こし》かけていた。すでに、茶が出されている。すぐ近くに馬元帥《ばげんすい》が立って、話あいてになっている。

悟空《ごくう》が入ってきたのを見て、東海竜王敖広《とうかいりゅうおうごうこう》が立ちあがった。

「斉天大聖様《せいてんたいせいさま》。とつぜんおじゃましまして、あいすみません。」

「まあ、すわれよ。」

といって、悟空《ごくう》は敖広《ごうこう》のななめまえに腰《こし》をおろした。

敖広《ごうこう》がすわると、悟空《ごくう》はいった。

「敖広《ごうこう》。竜宮《りゅうぐう》の茶を持ってきてくれたのか。おまえのところの茶は、ここのよりうまいからな。」

「茶箱に五つほど持ってまいりましたが、それはこの水簾洞《すいれんどう》の外につんであります。ですが、大聖様《たいせいさま》。ここのお茶も、なかなかのものではないですか。」

敖広《ごうこう》は、なかなかのものとはいったが、自分のところのものよりうまいとはいっていない。しかし、それはほんとうのことだから、しかたがない。

机《つくえ》におかれた悟空《ごくう》の茶碗《ちゃわん》に、馬元帥《ばげんすい》が茶をそそぐのを見ながら、悟空《ごくう》がいった。

「だが、茶をとどけるだけなら、なにもおまえがこなくたって、竜宮《りゅうぐう》の家来にやらせればすむだろうが。わざわざ自分でくるということは、何か用があるんだろ。」

「いえいえ、大聖様《たいせいさま》にとどけるものがあれば、家来にやらせるわけにはまいりません。わたし自身で参上いたしますよ。」

敖広《ごうこう》のことばに、悟空《ごくう》は少しがっかりした。

わざわざ敖広《ごうこう》がやってきたということは、何か事件《じけん》が起こったのではないかと思ったからだ。服を着がえたのも、すぐに出かけることができるようにということもあった。

「なあんだ、何かあったのではないのか。」

悟空《ごくう》がそういうと、敖広《ごうこう》は茶をひと口飲んでから、

「まあ、何もないということもないのですが……。」

といって、悟空《ごくう》の顔を見た。

悟空《ごくう》は身をのりだした。

「なんだ、やっぱり、何かあるんだな。なんだ、いってみろ。」

「じつはきのう、広目天王様《こうもくてんのうさま》が竜宮《りゅうぐう》においでになりまして、奇妙《きみょう》なことをおっしゃったのです。」

敖広《ごうこう》の言葉に、悟空《ごくう》はだんだんわくわくしてきた。

「奇妙《きみょう》なこと？　いいねえ。奇妙《きみょう》！　いいひびきの言葉だ。それで、奇妙《きみょう》なことって、どんなことだ。」

悟空《ごくう》が顔をぐっとつきだすと、敖広《ごうこう》はいくらか体をのけぞらせて答えた。

「芙蓉池《ふようけ》が干《ひ》あがりそうになっているということで……。」

芙蓉池《ふようけ》と聞いては、おもしろがってばかりもいられない。

芙蓉池《ふようけ》は唐《とう》の都、長安のすぐそばにある。というより、長安の南東の門、安上門《あんじょうもん》を出れば、そこは芙蓉池《ふようけ》のほとりだ。

長安の弘福寺《こうふくじ》には三蔵《さんぞう》がいる。

「長安では、日照りがつづいているのか？」

悟空《ごくう》の問いに、敖広《ごうこう》は小さく首をふった。

「いえ、そのようなことはないようです。いや、そのようなことはありえないでしょう。長安には、栴檀功徳仏様《せんだんくどくぶつさま》がおられるのです。そのようなところを日照りにさせるわけにはまいりません。」

梅檀功徳仏《せんだんくどくぶつ》というのは、釈迦如来《しゃかにょらい》からもらった三蔵《さんぞう》の来世名《らいせめい》だ。

「では、日照りでもないのに、あのような広い池が干《ひ》あがるわけがない。おまえの弟たちのだれかがどこかで酒を飲みすぎ、帰りに芙蓉池《ふようけ》のそばをとおりがかったものだから、ちょっと酔《よ》いざめの水を飲んでいこうとかいって、ごくごく飲んじまったんじゃないか。」

悟空《ごくう》は半分冗談《じょうだん》のつもりでそういったのだが、敖広《ごうこう》はまじめな顔で答えた。

「ひょっとしたらそうかとも思い、西、南、北のそれぞれの竜宮《りゅうぐう》に使いを出して、きいてみましたが、そのようなことはないのです。」

「へえ……。」

と悟空《ごくう》は敖広《ごうこう》の顔を横目で見たが、内心、こいつらに酔《よ》いざめの水を飲まれたら、あの広い芙蓉池《ふようけ》の水が干《ひ》あがるのか、と思った。

「それで、どうしようっていうんだ。」

悟空《ごくう》がそういうと、敖広《ごうこう》は、

「日照りで水が干《ひ》あがったというなら、だれかをやって、ちょっとばかり雨をふらせれば、それでいいわけですが、日照りでもないのに、水が干《ひ》あがるということは、やはり、そこになんらかの理由があるわけでしょう。」

といった。そして、今度は自分が悟空《ごくう》を横目で見て、

「芙蓉池《ふよういけ》の水が干《ひ》あがるということは、長安のあちこちの泉《いずみ》や井戸《いど》だって、どうなるかわかりませんからね。」

といった。

悟空《ごくう》はすっくと立ちあがって、いった。

「敖広《ごうこう》。知らせてくれて、ありがとうよ。それから、竜宮《りゅうぐう》の茶もな。長安から帰ってきたら、ゆっくりいただくことにする。」

すると、敖広《ごうこう》も席を立った。

「それでは、わたしもこれでおいとまいたしましょう。」

「まあまあ、東海竜王様《とうかいりゅうおうさま》。せっかくいらしたのですから、ごゆっくりなさっていってください。」

そういって、敖広《ごうこう》を引きとめたのは馬元帥《ばげんすい》だった。

「そうだ、敖広《ごうこう》。ゆっくりしていってくれ。おれは飲まないが、馬元帥《ばげんすい》が作る酒はう

まいぞ。むろん、芙蓉池《ふよういけ》の水ほどの量はないが、おまえに味わってもらうくらいはある。」

悟空《ごくう》がそういうと、敖広《ごうこう》は、

「それでは、一ぱいだけいただいて、帰らせていただきましょう。」

といって、すわりなおした。

たぶん、敖広《ごうこう》は水簾洞《すいれんどう》の酒をぜんぶたいらげるまで、帰らせてもらえないだろう。四長老にしても、竜《りゅう》と話す機会などめったにないのだ。酒をつぎながら、あれこれ話を聞き、敖広《ごうこう》が帰ろうとするたびに、

「まあまあ。よろしいではありませんか。」

などといって、引きとめるにちがいないのだ。

悟空《ごくう》はそう思いながら、水簾洞《すいれんどう》を出ていった。

一 啓夏門《けいかもん》

そうだ。その斉天大聖様《せいてんたいせいさま》さ。啓夏門《けいかもん》の隊長閣下《かっか》に、ちょっとききたいことがあってな。

空から見ても、芙蓉池《ふよういけ》の水が干《ひ》あがりそうになっていることがわかった。水面に浮《う》いているはずの蓮《はす》が茎《くき》ごとたおれ、水底《みなそこ》の黒い泥《どろ》の上におりかさなっている。孫悟空《そんごくう》は岸辺近くの水面、いや、もとは水面だったあたりに觔斗雲《きんとうん》をおろし、一本の茎《くき》をつかみ、持ちあげて、下をのぞいてみた。

水は完全に干《ひ》あがっているわけではないようだった。浅いところでは、池の底の土が完全にあらわれているところもあったが、あちこちに水たまりがあった。そういうところでは、ピシャピシャと音をたて、泥水《どろみず》の中で魚がはねていた。

水がどのくらい残っているか見にきたのだろう。岸にはおおぜいの人々がいた。

三蔵《さんぞう》が悟空《ごくう》、猪八戒《ちょはっかい》、沙悟浄《さごじょう》をつれて、天竺《てんじく》にいき、経《きょう》を持ちかえってきたことは

長安では知らぬ者はないし、悟浄《ごじょう》が僧《そう》たちのこづかいをかせぐために作って売らせた悟空《ごくう》の絵のせいで、悟空《ごくう》の顔は知れわたっている。觔斗雲《きんとうん》に乗って、飛ぶことも、知らぬ者はない。だから、長安では、今さらこそこそしても意味がないのだ。

岸からは、

「あ、斉天大聖《せいてんたいせい》だ！」

とか、

「孫悟空《そんごくう》だ！」

とか、

「ほんとに雲に乗るんだな。」

などという声が聞こえてくる。

悟空《ごくう》は聞こえないふり、見えないふりで、場所をうつし、池の中ほどにいってみた。するど、そこにはまだ水がかなり残っていた。

悟空《ごくう》は耳から針《はり》ほどの大きさの如意金箍棒《にょいきんこぼう》を出し、ひとふりして、いつもの棒《ぼう》の長さにした。そして、觔斗雲《きんとうん》に乗ったまま、如意金箍棒《にょいきんこぼう》を水につっこみ、水の深さをはかってみた。

深さは人の腰《こし》の高さほどだった。

今のところ、魚が全滅《ぜんめつ》するほどではない。また、見る見るうちに、水がへっていくというようすもない。

悟空《ごくう》は如意金箍棒《にょいきんこぼう》をふって短くすると、耳にしまった。そして、觔斗雲《きんとうん》を高くあげ、長安の町を見おろした。

長安は、北半分が唐《とう》の帝《みかど》の宮殿《きゅうでん》と役人たちの住む地区であり、南半分にはふつうの人々が住んでいる。その南半分を南北につらぬく大通りの東側に、玄奘三蔵《げんじょうさんぞう》の住む弘《こう》福寺《ふくじ》がある。

長安の南側の城壁《じょうへき》には、いくつかの門があるが、まん中の門は啓夏門《けいかもん》という名で、その門番の隊長、黄勇《こうゆう》は悟空《ごくう》の顔見知りだ。

弘福寺《こうふくじ》にいって、師匠《ししょう》の三蔵《さんぞう》に会うまえに、芙蓉池《ふよういけ》の水がかれそうになっていることについて、黄勇から話を聞いておこうと、悟空《ごくう》は啓夏門《けいかもん》の外にそっと觔斗雲《きんとうん》をおろし、地面におりたった。

時刻《じこく》は正午をすぎたばかりで、城門《じょうもん》を出入りする人々の数は多い。

猿《さる》のままでは目だち、人がよってきて、めんどうなので、悟空《ごくう》はひとまず若《わか》い僧《そう》に化身した。そして、啓夏門《けいかもん》のまえに歩いていった。

黄勇《こうゆう》は、

「ひとり、むこうの列にいけ。列が長くなっているぞ！　それから、おまえ！　ばあさんの荷物を持ってやれ！」

などといって、大声で衛兵《えいへい》たちに指示《しじ》を飛ばしている。

二十歩ほどはなれたところで、悟空《ごくう》は黄勇《こうゆう》に声をかけた。

「おい、黄勇《こうゆう》！」

若《わか》い僧《そう》に名を呼《よ》び捨《す》てにされ、黄勇《こうゆう》はむっとしたようだった。

「なんだ。」

としかりつけるように声をあげ、黄勇《こうゆう》がこちらを見た。

悟空《ごくう》は黄勇《こうゆう》に近よりながら、いった。

「おい、黄勇《こうゆう》。門が閉《し》まったら、棒術《ぼうじゅつ》の稽古《けいこ》をつけてやろうか。」

「棒術《ぼうじゅつ》の稽古《けいこ》だと？　おまえ、いったい……。」

とそこまでいったところで、黄勇は気づいたようだった。

「ひょっとして、その声は……。」

というなり、黄勇《こうゆう》は悟空《ごくう》にかけよってきて、いった。

「斉天大聖様《せいてんたいせいさま》ではございませんか。」

「そうだ。その斉天大聖様《せいてんたいせいさま》さ。啓夏門《けいかもん》の隊長閣下《かっか》に、ちょっとききたいことがあってな。」

「ちょうどよかった。おうかがいしたいことは、こちらにもあるのです。」

黄勇《こうゆう》は小声でそういうと、何事かとこちらを見ている衛兵《えいへい》たちに声をかけた。

「なんでもない。知り合いだ。仕事をつづけろ。町に入る者たちの列が長くなっているぞ。てきぱきとやれ！」

それから、黄勇《こうゆう》は藪《やぶ》から棒《ぼう》に悟空《ごくう》にたずねた。

「大聖様《たいせいさま》。いったい、仏法《ぶっぽう》で池の水を干《ひ》あがらせることができるのでしょうか。」

「池の水というのは、芙蓉池《ふよういけ》の水のことか？」

悟空《ごくう》がききかえすと、黄勇《こうゆう》はうなずいた。

「そうです。おとといの朝、王宮の衛兵《えいへい》が芙蓉池《ふよういけ》を見まわりにいくと、水がほとんど干《ひ》あがっていたのです。それで、祈禱《きとう》で芙蓉池《ふようけ》の水をからしたと疑《うたが》いをかけられ、辯《べん》機様《きさま》がけさがたつかまり、弘福寺《こうふくじ》からつれていかれたのです。」

黄勇《こうゆう》の言葉のあまりの意外さに、悟空《ごくう》は、

「辯機《べんき》がつれていかれただと？」

といって、そのあと言葉が出なかった。

辯機《べんき》というのは、まだはたちそこそこの若《わか》い僧《そう》だが、人間の弟子《でし》としては、三蔵《さんぞう》の一番弟子《でし》ということになる。悟空《ごくう》、八戒《はっかい》、悟浄《ごじょう》の三名をいれても、四番弟子《でし》が辯機《べんき》だ。三蔵《さんぞう》の四番弟子《でし》がつかまったとなると、話はおだやかではない。しかも、祈禱《きとう》で芙《ふ》蓉池《ようち》の水をからせたとはどういうことだ。辯機《べんき》に、そんなことができるわけがない。

黄勇《こうゆう》はいった。

「さようでございます。けさがた、河将軍《かしょうぐん》の兵たちが弘福寺《こうふくじ》に押《お》しかけ、辯機様《べんきさま》をつかまえて、宮殿《きゅうでん》につれていってしまったのです。」

「河将軍《かしょうぐん》？　それはだれだ？　いや、そんなことより、辯機《べんき》がつれていかれるとき、悟浄《ごじょう》はいなかったのか？」

「わたしは見ていたわけではございませんが、あとで弘福寺《こうふくじ》の僧《そう》たちがもうすには、悟浄様《ごじょうさま》も三蔵様《さんぞうさま》もおられたとのことでございます。」

「なんだと？　悟浄《ごじょう》だけではなく、お師匠様《ししょうさま》もそこにおられて、みすみす辯機《べんき》をつれていかせてしまったというのか？　いったいそれはどういうことだ？」

「どういうこととおっしゃられても、わたしにもよくわかりません。それより、大聖《たいせい》様《さま》は辯機様《べんきさま》がつかまったことをご存知《ぞんじ》なかったようですが、どうして芙蓉池《ふよういけ》の水がかれたことを知ってらしたのですか。」

「それは……。」

といいかけて、悟空《ごくう》は、そんなことを黄勇に説明しているときではないと思い、とんぼ返りをうち、觔斗雲《きんとうん》を起こした。そして、若《わか》い僧《そう》の姿《すがた》のまま、觔斗雲《きんとうん》に跳《と》びのると、

「黄勇《こうゆう》。また何かわかったら、弘福寺《こうふくじ》に知らせにきてくれ。」

というと同時にもとの姿《すがた》にもどった。

高い声が聞こえた。

「あ、孫悟空《そんごくう》！」

見れば、子どもがこちらを指さしている。

そのとなりでは、老人が両手を合わせ、なにやらおがみはじめている。

悟空《ごくう》はぐっと觔斗雲《きんとうん》をあげ、啓夏門《けいかもん》の高い屋根をこえ、弘福寺《こうふくじ》の五層《そう》の塔《とう》をめざした。

二

古い話

何って、おまえ。だとすれば、ここの帝《みかど》はたいした度胸《どきょう》の持ち主じゃねえか。天の玉帝《ぎょくてい》なんかより肝《きも》が太いぜ。

孫悟空《そんごくう》は弘福寺《こうふくじ》の五層《そう》の塔《とう》の三層《そう》の窓《まど》に觔斗雲《きんとうん》をよせて、中をのぞいた。天竺《てんじく》から帰ってきてから、玄奘三蔵《げんじょうさんぞう》はそこで仕事をしていることが多い。仕事というのは、持ち帰ってきた経典《きょうてん》をこの国の言葉になおすことだ。もともと、経典《きょうてん》は天竺《てんじく》の言葉で書かれているので、そのままでは、唐《とう》の人々には意味がわからない。

経机《きょうづくえ》を背《せ》にして、三蔵《さんぞう》がすわっているのが見えた。書き物をしているというよりは、座禅《ざぜん》を組んでいるようなかっこうだ。沙悟浄《さごじょう》が三蔵《さんぞう》とむかいあっているが、禅問答《ぜんもんどう》をしているようでもない。ふたりともだまって、床《ゆか》に目をおとしている。

悟空《ごくう》は窓《まど》から跳《と》びこんで、床《ゆか》に立った。

三蔵《さんぞう》と悟浄《ごじょう》が同時に顔をあげ、悟空《ごくう》を見て、やはり同時に声をあげた。

「悟空《ごくう》！」

「兄者！」

悟空《ごくう》は三蔵《さんぞう》に、

「お師匠様《ししょうさま》、おひさしぶりです。といっても、このあいだおじゃましたのは夏でしたから、三月もたっていませんけれど。」

といって、悟浄《ごじょう》のとなりに腰《こし》をおろした。そして、いった。

「いったい、どういうことです、お師匠様《ししょうさま》。芙蓉池《ふよういけ》の水が干《ひ》あがりそうだと聞いて、ようすを見にきたら、そのことで、辯機《べんき》がつかまったっていうではないですか。何があったのです。」

「それがわからないのです、悟空《ごくう》。おとといの朝、芙蓉池《ふよういけ》の水がかれ、きょうの朝早く、宮殿《きゅうでん》から兵がやってきて、辯機《べんき》をつれていってしまったのです。」

「つれていってしまったって……。」

とそこまでいって、悟空《ごくう》はそのあと、

「お師匠様《ししょうさま》がついておられながら、みすみす辯機《べんき》をつれていかせてしまったのですか。」

といおうと思ったが、それでは師匠《ししょう》を責《せ》めることになるので、かわりに悟浄《ごじょう》の顔を見て、いった。

「悟浄《ごじょう》。おまえがついていながら、どういうことだ。辯機《べんき》がつれていかれるとき、おまえはこの寺にいなかったのか。」

「いや……。」

と悟浄《ごじょう》が何かいいかけたところで、三蔵《さんぞう》がそれをさえぎった。

「悟空《ごくう》。悟浄《ごじょう》は何もしようとしなかったわけではありません。辯機《べんき》を兵たちにわたすまいとして、立ちふさがったのですが、わたしがそれをとめたのです。宮殿《きゅうでん》からきた兵は帝《みかど》の兵です。帝《みかど》の兵にたてつくことは、帝《みかど》にたてつくことにほかなりません。芙《ふ》蓉池《ようけ》の水を祈禱《きとう》でからせたというのが辯機《べんき》にかけられた疑《うたが》いです。池の水をからすなど、辯機《べんき》どころか、おまえも知っているとおり、このわたしにもできません。ですから、疑《うたが》いはきっと晴れます。さきほど、弟子《でし》のひとりに、拝謁《はいえつ》をねがう書状《しょじょう》を持たせ、宮殿《きゅうでん》にとどけさせました。帝《みかど》にお目にかかり、辯機《べんき》をかえしていただきます。」

「そんな、書状《しょじょう》などと、のんびりしていて、いいのですか。帝《みかど》がそれを読むのは、いつになるのです。」

悟空《ごくう》の問いに、三蔵《さんぞう》は、

「いつお読みいただけるは、それはわかりませんが、そう長くはかからないでしょう。」

と答えてから、いった。

「いずれにしても、これは何かのまちがいです。ですから、悟空《ごくう》。宮殿《きゅうでん》に押《お》しいって、力づくで辯機《べんき》をとりかえそうとしてはいけません。早まったことをしてはなりません。」

「わかりました。」

と答えておいて、悟空《ごくう》は悟浄《ごじょう》にたずねた。

「今、ここにくるまえに、啓夏門《けいかもん》の黄勇《こうゆう》から聞いたのだが、辯機《べんき》をつれていったのは、河将軍《かしょうぐん》ってやつの兵隊だっていうじゃないか。その河将軍《かしょうぐん》っていうのは何者なんだ。」

悟浄《ごじょう》はいった。

「宮廷《きゅうてい》には何人もの将軍《しょうぐん》がいるが、たいていは地方の有力者だったり、金持ちだったり、名門といわれている家の出が多い。だが、河将軍《かしょうぐん》というのは兵士あがりで、このごろ頭角をあらわしてきた男だ。剣術《けんじゅつ》も槍術《そうじゅつ》も棒術《ぼうじゅつ》も、なかなかの腕前《うでまえ》らしく、帝《みかど》の御前《ごぜん》試合では、負けたことがないということだ。そういうところが帝《みかど》に気に入られているのかもしれない。」

「陰陽《いんよう》や五行易《ごぎょうえき》につうじ、占《うらな》いもうまいということです。」

そういったのは三蔵《さんぞう》だった。

「かんたんにいうと、腕《うで》っぷしが立つ芸達者ってところだな。」

悟空《ごくう》の言葉に、三蔵《さんぞう》はうなずいた。

「そういういいかたをすれば、そういうことになります。河将軍《かしょうぐん》は陛下《へいか》の信任《しんにん》も厚《あつ》く、いずれは宰相《さいしょう》にまでなるかもしれないという人もいます。」

悟空《ごくう》は天井《てんじょう》を見あげ、右手の人さし指であごの下をかきながら、いった。

「そんなごりっぱな将軍様《しょうぐんさま》の兵がどうして辯機《べんき》をつかまえていったんですかね。」

「ですから、何かのまちがいです。悟空《ごくう》も悟浄《ごじょう》も、軽はずみなことをしてはいけません。」

「わかりました。」

とうなずいてから、悟空《ごくう》は悟浄《ごじょう》にいった。

「悟浄《ごじょう》。のどがかわいたから、茶でも出してくれ。」

「わかった。それでは、すぐに持ってくるから、ここで待っていてくれ。」

悟浄《ごじょう》が立ちあがると、悟空《ごくう》も立ち、

「辯機《べんき》がいれば、茶くらい、すぐに出るだろうが、おまえ、茶がどこにあるか、わかるのか？　待っていたら、茶が出てくるのがいつになるか、わかったもんじゃない。茶くらい、自分でいれる。いっしょにいこう。」

といった。そして、三蔵《さんぞう》に、

「なんにせよ、この悟空《ごくう》がまいりましたからには、ご心配はいりません。」

といい、さきに階段《かいだん》をおりていった。

塔《とう》の一層《いっそう》までおりると、悟空《ごくう》はあとからおりてきた悟浄《ごじょう》に小声でたずねた。

「このごろ、お師匠様《ししょうさま》は帝《みかど》に呼《よ》ばれて、宮殿《きゅうでん》にいっているのか？」

悟浄《ごじょう》は答えた。

「ああ。でも、まえほどたびたびではない。」

悟空《ごくう》はさらにたずねた。

「なあ、悟浄《ごじょう》。ここの帝《みかど》はおまえの正体を知っているよな。」

悟浄《ごじょう》がうなずく。

「そりゃあ、知ってると思う。」

「ということは、おまえが人間でないってことも、わかっているな。」

「わかっていると思う。」

「それから、おれがお師匠様《ししょうさま》の弟子《でし》だってことも、忘《わす》れていないよな。」

「そう思うが、兄者はいったい、何をいいたいのだ。」

「何って、おまえ。だとすれば、ここの帝《みかど》はたいした度胸《どきょう》の持ち主じゃねえか。天の玉帝《ぎょくてい》なんかより肝《きも》が太いぜ。」

「玉帝陛下《ぎょくていへいか》よりも肝《きも》が太いとは、それはどういうことだ。」

「どういうことって、おまえ、天竺《てんじく》から帰ってきて、焼きがまわったんじゃないか。じゃあ、きくが、悟浄《ごじょう》。花果山《かかざん》のおれの身内の猿《さる》が一匹《ぴき》、なんかのひょうしに、天のだれかに悪さをしたとしよう。そうしたら、天の玉帝《ぎょくてい》は問答無用で花果山《かかざん》に天兵をさしむけ、その猿《さる》をつかまえて、つれていくかな。」

「そういうことはなさらないだろう。」

「どうして？」

「どうしてって、もし、そんなことをしたら、きっと兄者がどなりこんできて、手がつけられなくなると、天の玉帝《ぎょくてい》はそうお思いになるだろうからな。」

「だよな。だったら、人間の帝《みかど》だって、そう思うだろ。」

「だが、そういうことはお師匠様《ししょうさま》がお許《ゆる》しにならないと思っているのではないか。」

「そうかもな……。」

とつぶやいて、悟空《ごくう》はどかりと腰《こし》をおろした。それを見て、

「兄者。茶は？」

ときいた悟浄《ごじょう》に、悟空《ごくう》はいった。

「茶なんか、どうでもいい。のどがかわいたといったのはうそだ。お師匠様《ししょうさま》のいないところで、おまえと話がしたかっただけだ。まあ、そこにすわれ。」

悟浄《ごじょう》がすわったところで、悟空《ごくう》はいった。

「いやなことを思い出させるようで悪いが、おまえ、お師匠様《ししょうさま》の弟子《でし》になるまえ、流《りゅう》沙河《さが》に住んでいたことがあったよな。」

悟浄《ごじょう》は、

「あったが、それがどうかしたのか。兄者、ずいぶん古い話を持ちだすではないか。」

といって、いやな顔をした。だが、そんなことにはおかまいなしに、悟空《ごくう》はさらにいった。

「あのとき、おまえ、なかなかの迫力《はくりょく》だったな。お師匠様《ししょうさま》とおれと八戒《はっかい》で、どうやって川をわたろうかって相談してたとき、目のまえの川の水が高波のようにせりあがって、おまえ、水の中からあらわれたよな。」

「そうだったかな……。」

とそっぽをむいた悟浄《ごじょう》に、悟空《ごくう》はいった。

「そんなに不機嫌《ふきげん》になることはないだろうが。なにもおれはここで、おまえが人間を九人も食って、九つの髑髏《どくろ》をつないで首からさげていたとか、今さら、そういうことをむしかえそうっていうわけじゃない。」

「むしかえしているではないか。」

「むしかえしたのではない。ちょっと水に住んでいたときのことを思い出してもらおうと思っているだけだ。」

「何を思い出せばいいのだ。」

「あのとき、ブワッとせりあがった水だが、おまえ、あれ、どうやってやったんだ。

いったん飲んだ水を口からふきだしたんじゃないよな。」

悟浄《ごじょう》はそういわれ、あきれ顔で悟空《ごくう》を見た。

「兄者。辯機《べんき》が宮殿《きゅうでん》の兵につれていかれたのだ。兄者にはどう見えるかわからぬが、お師匠様《ししょうさま》もおれも、心配でしかたがない。そんなときに、おれがお師匠様《ししょうさま》の弟子《でし》になるまえのことを持ちだして、しかも、水から出てきたときに、どうやって水をせりあがらせたのだとか、いったん飲んだ水を口からふきだしたのではないのかとか、何をいっているのだ。高波を起こすのに、飲んだ水をふきだすというなら、いったい、どれほどの水を飲めばいいのだ。あの高波はだな、こうやって……。」

といって、立ちあがりかけた悟浄《ごじょう》を悟空《ごくう》は両手でおしとどめ、もう一度すわらせてから、いった。

「飲んだのでなければ、それでいい。あれくらいのことは、おれだってできる。だが、いくらおれでも、高波を起こすほどの水を腹《はら》にためることはできない。おまえも同じなら、それでいい。」

「なんだ、兄者。ひょっとすると、芙蓉池《ふよういけ》の水がなくなったのは、おれが飲んだからだと思ったのか。兄者はおれを疑《うたが》ったのか。」

「いや、疑《うたが》ってはいない。いや、もしおまえが飲んだとしても、そのせいで辯機《べんき》がつかまったのなら、おまえがここでしれっと、しらばっくれているわけがないからな。おれがたしかめたかったのは、天人でも、芙蓉池《ふよういけ》の水をぜんぶ飲んでしまうことなどできはしないということだ。」

「あたりまえではないか。兄者だって、できないだろう。」

「ああ、できない。」

「そんなことができるのは、竜《りゅう》くらいのものだ。」

といって、まだ鼻息をあらくしている悟浄《ごじょう》の顔をじっと見て、悟空《ごくう》はいった。

「やはり、おまえもそう思うか。おれもそう思うのだ。しかし、あの池に、どこかから竜《りゅう》が飛んできて、ごくごく水を飲んでいれば、たとえそれが夜中であっても、だれかが見るだろう。おとといといえば、十三夜だ。夜中でも明るいぞ。」

「しかし、たとえば、東西南北の竜王《りゅうおう》とか、そこまでいかなくても、おれたちといっしょに天竺《てんじく》にいった玉竜《ぎょくりゅう》くらいになれば、人の姿《すがた》に化身ができる。人の形でやってきて、池に入って竜《りゅう》になり、水をぜんぶ飲んでから、また人の姿《すがた》に化身しなおして、去っていったら、なかなか気づかれないのではないか。」

「たしかにそうだろう。だが、東海竜王《とうかいりゅうおう》の敖広《ごうこう》がいうには、水をからしたのはあいつら兄弟ではないそうだ。それに、人に化身ができるほどになった竜《りゅう》が、なんでわざわざ、芙蓉池《ふよういけ》の水を飲みにくるんだ。あいつら、茶の味なんかに、なかなかうるさいことをいうのだ。だから、水だって、泥水《どろみず》なんかを飲んだりはしないだろう。のどがかわいたなら、もっとほかに、うまい水があるだろうよ。」

「たしかに……。」

といって、悟浄《ごじょう》は腕《うで》をくんだ。

それからしばらく、ふたりはだまりこんですわっていた。

そのあいだ、何度も三蔵《さんぞう》の弟子《でし》たちが入口や窓《まど》から、塔《とう》の一層《いっそう》をのぞいていったが、悟空《ごくう》と目が合うと、そそくさと引きあげていった。

悟浄《ごじょう》は、

「せっかくきてくれたのだし、のどがかわいていなくても、茶くらい出す。」

といって、悟空《ごくう》に茶を持ってきた。

そのあとも、ときどき、三蔵《さんぞう》の弟子《でし》たちが心配そうに塔《とう》をのぞきにきて、そのままもどっていった。

三

降妖宝杖《ごうようほうじょう》

いいたくはないが、おまえとおれじゃあ、格《かく》がちがう。なにしろ、おれをまつっている道観だってあるくらいらしいしな。ほら、こうやって……。

玄奘三蔵《げんじょうさんぞう》はよほど辯機《べんき》のことが気がかりなのだろう。弘福寺《こうふくじ》の五層《そう》の塔《とう》の三層《そう》で、孫悟空《そんごくう》は三蔵《さんぞう》、そして沙悟浄《さごじょう》といっしょに夕餉《ゆうげ》をとったが、出されたものに三蔵《さんぞう》はほとんど箸《はし》をつけなかった。そして、

「やはり手紙のお返事は待たず、夜が明けたらすぐ、わたしが陛下《へいか》にお目にかかりにいき、辯機《べんき》をかえしていただきましょう。」

といって、箸《はし》をおいてしまった。

食後、悟浄《ごじょう》は三蔵《さんぞう》に就寝《しゅうしん》のあいさつをすると、塔《とう》の二層《そう》におりた。悟空《ごくう》も悟浄《ごじょう》といっしょにおりると、悟浄《ごじょう》は寝具《しんぐ》をふたつならべ、

「兄者。おれはさきに休ませてもらう。」

といって、まだ悟空《ごくう》が起きているのに、明かりを吹き消《ふけ》し、寝具《しんぐ》にもぐりこんでしまった。

これは何かたくらんでいるな。

そう思った悟空《ごくう》が寝《ね》たふりをしていると、夜がふけてから、悟浄《ごじょう》はごそごそと起きだし、こちらに背中《せなか》をむけて、二層《そう》のはじにあった長い木箱を開け、中から何かを出した。

満月の光が窓《まど》から入り、塔《とう》の二層《そう》は明るい。

木箱から悟浄《ごじょう》が出したものは、さらに布《ぬの》にくるまれていた。悟浄《ごじょう》はそっとその布《ぬの》をほどいている。

布《ぬの》の中に何があるか、悟空《ごくう》にはすぐにわかった。

悟空《ごくう》はそっと起きあがり、うしろから声をかけた。

「悟浄《ごじょう》。そんなものを引っぱりだしてきて、何をする気だ。」

驚《おどろ》いてふりむいた悟浄《ごじょう》の手には、半分布《はんぶんぬの》からあらわれた降妖宝杖《ごうようほうじょう》がにぎられている。

「いや……。」

と言葉をつまらせる悟浄《ごじょう》に、悟空《ごくう》はいった。

「早まったことをしてはならないと、そうお師匠様《ししょうさま》がいったのを聞いてなかったのか。」

「聞いてはいた。しかし、もし、朝になって辯機《べんき》が処刑《しょけい》されてしまったら、どうするのだ。」

「だいじょうぶだ。そんなことにならないだろう。」

悟空《ごくう》がそういうと、悟浄《ごじょう》は降妖宝杖《ごうようほうじょう》を持ったまま立ちあがり、悟空《ごくう》のそばにきて、どかりとあぐらをかいた。

「辯機《べんき》はおれの弟弟子《でし》なのだ！」

語気もあらく、そういった悟浄《ごじょう》に、悟空《ごくう》は落ち着きはらっていった。

「おれにとっても、辯機《べんき》は弟弟子《でし》だが。」

「同じ弟弟子《でし》といったって、兄者は辯機《べんき》といっしょに暮《く》らしていないから、そのように平然としていられるのだ。」

「おまえ、いやなことをいうね。だが、もし、おまえのいうとおりだとしても、お師《し》匠様《しょうさま》のようすを見ていたら、おれだって平気ではいられない。だからといって、おまえのように、荷物の中から得物を引っぱりだしてきて、夜の夜中に帝《みかど》の宮殿《きゅうでん》に押《お》しいろうとは思わんね。そんなことをしたら、おまえ、破門《はもん》だぞ。」

「破門《はもん》は覚悟《かくご》のうえだ。」

「おお、おお、威勢《いせい》のいいことだ！　破門《はもん》など、一度もされたことがないくせに、ずいぶん大きく出たな。だがな、悟浄《ごじょう》。おまえが宮殿《きゅうでん》に押《お》しいって、辯機《べんき》を助けだしたとしよう。それがうまくいったとして、辯機《べんき》はどうなる？　そのときから、逃亡者《とうぼうしゃ》だ。そして、おまえは破門《はもん》。そうなったら、お師匠様《ししょうさま》の身のまわりのお世話はだれがするんだ。おれか？　それとも八戒《はっかい》か？　べつに、おれはかまわないが、おまえ、それでいいのか。」

悟空《ごくう》がそういうと、悟浄《ごじょう》は、

「ううむ……。」

とうなって、考えこんでしまった。

悟空《ごくう》はいった。

「八戒《はっかい》は高老荘《こうろうそう》で、女房《にょうぼう》の翠蘭《すいらん》と楽しく生活している。そりゃあ、ここにきて、お師《し》匠様《しょうさま》のお世話をしろっていえば、するだろう。だけど、さっき出たような飯で、八戒《はっかい》が満足するかな。そうなると、あとはおれしか残っていない。まあ、最初は、弟子《でし》はおれだけだったのだから、べつに問題はないか……。」

「だが、兄者。この寺には、都に住むいろいろな者がきて、そういう者たちのあいてもせねばならないのだ。そういう仕事は兄者に、あまりむいているとは……。」

「ほらみろ。な、だから、今のお師匠様《ししょうさま》には、辯機《べんき》か、それともおまえか、少なくとも、どちらかがおそばにいないとまずいんだ。ということは、おまえが宮殿《きゅうでん》に押《お》しいって、辯機《べんき》を助けだすわけにはいかないってことだ。まあ、おれにまかせておけ。」

「まかせておけって、兄者には、何かよい手だてがあるのか？」

悟浄《ごじょう》にきかれ、悟空《ごくう》はあたりまえのように答えた。

「ない。今のところは、ない。だが、だいじょうぶだ。帝《みかど》にしても、その河将軍《かしょうぐん》っていうやつにしても、辯機《べんき》を殺したりはしない。」

「どうして、そんなことがわかるのだ。」

「じゃあ、きくが、悟浄《ごじょう》。辯機《べんき》が祈禱《きとう》で芙蓉池《ふようい け》の水をからせたなどと、帝《みかど》や河将軍《かしょうぐん》が本気で思っていると思うか？」

「さあ、どうだろうか……。」

「そんなこともわからないのか。では、もうひとつきこう。もし、本気でそう思っていたとしても、辯機《べんき》を処刑《しょけい》して、帝《みかど》や河将軍《かしょうぐん》に、どんな得があるんだ。そんなことをしたら、おとなしいお師匠様《ししょうさま》だって、だまっちゃいない。おまえ、お師匠様《ししょうさま》は来世《らいせ》では仏《ほとけ》に生まれかわることにきまっている人間だぞ。その弟子《でし》の、しかも、罪《つみ》もないその弟子《でし》の首をはねたということになったら、観音《かんのん》の野郎《やろう》が、いや、それどころか、天竺《てんじく》のおやじだって、いい気はしないだろうさ。」

「たしかに、それはそうだ。だが、兄者。釈迦如来様《しゃかにょらいさま》を天竺《てんじく》のなんとかとお呼《よ》びするのはやめろ。」

「そういうこまかいことに、こだわっている場合ではないだろうが。そんなことより、おそらく、帝《みかど》は河将軍《かしょうぐん》っていうやつに、あやつられているのだ。たぶん、正気ではないな。だが、それにしても、河将軍《かしょうぐん》っていうやつの正体がわからん。しかし、辯機《べんき》をつかまえて、何かに利用しようとしていることだけはたしかだ。利用するなら、生かしておいたほうがいい。だから、辯機《べんき》はかんたんには殺されない。」

悟空《ごくう》がそういうと、悟浄《ごじょう》は、

「それならいいが……。」

とつぶやいてから、いいきった。

「おれは、河将軍《かしょうぐん》の正体は、やはり竜《りゅう》だと思うのだ。河将軍《かしょうぐん》は、自分で芙蓉池《ふようのいけ》の水を飲んでおいて、その罪《つみ》を辯機《べんき》にきせ、つかまえたのだ。」

「それなら、竜《りゅう》の河将軍《かしょうぐん》は、なんのためにそんなことをしたのだ。」

そういって、悟空《ごくう》が悟浄《ごじょう》の目を見つめると、悟浄《ごじょう》は答えた。

「これは考えすぎかもしれぬが、河将軍《かしょうぐん》は仏法《ぶっぽう》に敵意《てきい》を持っているのだ。それで、この国から仏法《ぶっぽう》をしめだそうとしているのではなかろうか。」

悟空《ごくう》は悟浄《ごじょう》から目をそらし、あぐらをかいたひざの上に右ひじをのせ、ほおづえをついて、いった。

「無実の罪《つみ》で辯機《べんき》をつかまえる。すると、おまえが頭にきて、宮殿《きゅうでん》になぐりこみをかける。その瞬間《しゅんかん》、おまえは帝《みかど》の逆賊《ぎゃくぞく》となり、師匠《ししょう》の玄奘三蔵《げんじょうさんぞう》も同罪《どうざい》となる。お師匠様《ししょうさま》は、今や、この国で最高位の僧《そう》だ。最高位の僧《そう》が逆賊《ぎゃくぞく》となれば、それを理由に町中の寺を焼きつくすことだって、できるかもしれない。」

「たしかに。」

悟浄《ごじょう》がうなずいたところで、悟空《ごくう》は言葉をつづけた。

「もし、そんなことをたくらむやつがいるとすれば、それは道教の者たちということになるかもしれない。だが、この国の都の道士に、そんなことを考えるやつがいるかな。悟浄《ごじょう》、おまえ、この長安の町については、くわしいんだろ。そんなことをたくらむ道士がいるか？」

「たぶん、いないだろう。」

と答えてから、悟浄《ごじょう》は、悟空《ごくう》が考えてもいなかったことをいった。

「おれはともかく、道教の者たちは、兄者を悪者にするわけにはいかないだろうし……。」

「どうして？」

「じつは、道士の中には、こういって、はばからない者がいるのだ。」

「こうとは？」

「つまり、玄奘三蔵《げんじょうさんぞう》が天竺《てんじく》にたどりつけたのは、道教の神がついていたからだ、とな。」

「ひょっとして、その神っていうのは、おれのことか。」

「そうだ。その、ひょっとしてだ。あたらしくできた道観、つまり道教寺院の中に、兄者の像《ぞう》が安置されているところがある。」

「ふうん。どうせ、おれとは似《に》ても似《に》つかないんだろうが。」

「いや、じつは、辯機《べんき》がこっそり見てきていうには、それが兄者にそっくりだそうだ。ほら、寺の僧《そう》の小づかいをかせぐために、おれが描《か》いた兄者の絵があるだろ。どうやら、あれを見て、像《ぞう》を作ったらしいのだ。」

「おまえがくだらないことをするから、そういうことになるのだ。」

「兄者はくだらないというが、お師匠様《ししょうさま》のおそばでおつかえするには、そういうことも必要なのだ。そんなことは、兄者にはできまい。」

「ああ、そうとも。できないね。だが、そんなことより、河将軍《かしょうぐん》の正体が問題だ。」

悟空《ごくう》はそういって、立ちあがった。

「どこへいくのだ?」

悟浄《ごじょう》にきかれ、悟空《ごくう》は答えた。

「この国の宮殿《きゅうでん》にいって、ようすをさぐってくる。辯機《べんき》のようすも見てくる。万一、命があぶないようなら、助けだしてくる。」

「だが、そんなことをしたら、辯機《べんき》は脱走者《だっそうしゃ》になり……。」

そういいかけた悟浄《ごじょう》の言葉を悟空《ごくう》はさえぎって、

「いいたくはないが、おまえとおれじゃあ、格《かく》がちがう。なにしろ、おれをまつっている道観だってあるくらいらしいしな。ほら、こうやって……。」

と、そこまでいって、首から一本毛をぬいた。そして、それに、

「変われ！」

といって、ふっと息を吹《ふ》きかけると……。

そこに辯機《べんき》があらわれた。

すぐに、悟空《ごくう》は、

「寂《じゃく》。」

とつぶやいた。すると、辯機《べんき》が消えた。

辯機《べんき》からもとにもどった毛をつかみ、首にもどすと、悟空《ごくう》はいった。

「いざとなれば、おれには、こういう手がある。」

「おお、そうだった！」

と声をあげて、悟浄《ごじょう》が立ちあがったところで、悟空《ごくう》はいった。

「悟浄《ごじょう》。立ったところで、おまえにも、ひとつ、やってもらいたいことがある。」

「なんだ。」

「芙蓉池《ふよういけ》をもう一度しらべてほしいのだ。おまえは水にくわしいから、おれが見おとしていることを見つけるかもしれない。」

「よし、わかった。泥《どろ》の中をはいつくばっても、何かを見つけだしてみせる。」

そういって、悟浄《ごじょう》が階段《かいだん》をおりていこうとしたところで、悟空《ごくう》はうしろから声をかけた。

「悟浄《ごじょう》。その降妖宝杖《ごうようほうじょう》はおいていけ。いったい、何に使うのだ。」

「おお、そうだった。」

悟浄《ごじょう》は降妖宝杖《ごうようほうじょう》を出してきた箱にそれをもどすと、いきおいこんで、出かけていった。

悟空《ごくう》は窓辺《まどべ》にいき、とんぼ返りをうって、外に跳《と》びだした。

たちまち觔斗雲《きんとうん》が起こる。

悟空《ごくう》が腰《こし》をぐっとおとすと、觔斗雲《きんとうん》は満月の下、宮殿《きゅうでん》にむかって空をあがっていった。

四

命令

それは、おまえが大聖様《たいせいさま》のことを知らないし、玄奘三蔵様《げんじょうさんぞうさま》のことも知らないから、そんなことをいうのだ。

唐《とう》の長安の宮殿《きゅうでん》など、しょせんは人間が作ったものだ。広くて大きいといっても、孫悟空《そんごくう》にしてみれば、たかのしれたものだ。たとえば、小さな羽虫《はむし》に化身し、あちこち飛びまわって、すみからすみまでさがしまわれば、とらえられている辯機《べんき》を見つけることは、むずかしいことではない。むずかしいことではないが、時間はかかる。

また、ただ辯機《べんき》を助けだすだけなら、まず帝《みかど》を、いや、帝《みかど》でなくとも、身分の高い大臣のひとりをつかまえて、そいつを人質《ひとじち》にして、辯機《べんき》と交換《こうかん》させることもできる。

だが、師匠《ししょう》の玄奘三蔵《げんじょうさんぞう》と帝《みかど》の関係を考えると、人質《ひとじち》という手は上策《じょうさく》ではない。

そこで悟空《ごくう》はどうしたかというと、月光の下、宮殿《きゅうでん》の上空をひとまわりしてから禁《きん》苑《えん》、つまり宮殿《きゅうでん》の北にある広い庭におりた。そして、警備《けいび》をしている衛兵《えいへい》を見つけ、からだをひとゆすりして、その男そっくりに化身した。

衛兵《えいへい》に化けて、松林の中を歩いていくと、松林を出たところに、槍《やり》を手に、ひとりで見まわりをしている衛兵《えいへい》がいた。

悟空《ごくう》はその衛兵《えいへい》にかけよって、声をかけた。

「おい。辯機《べんき》を脱走《だっそう》させようと、しのびこんだやつがいるようだ。すぐに、辯機《べんき》のところにいこう！」

それで、その衛兵《えいへい》が走りだせば、その男についていけばいい。そうすれば、辯機《べんき》のいるところに、悟空《ごくう》を案内してくれるはずだ。ところが、その衛兵《えいへい》は、

「えっ……。」

といったきり、走るどころか、歩きだすようすもない。しばらく、衛兵《えいへい》に化けた悟空《ごくう》の顔をじっと見ていたが、やがて、

「おれたちがいって、どうするんだ？」

と小声でいった。

その表情《ひょうじょう》のかたさに、悟空《ごくう》の背中《せなか》に冷たいものが走った。

ひょっとして、辯機《べんき》はもうこの世にいないのではないだろうか……。

悟空《ごくう》はいった。

「どうするって、だから、辯機《べんき》を助けだすために、しのびこんだやつがいるようだから、そいつをつかまえに……。」

すると衛兵《えいへい》はいった。

「ばかをいえ。どうやったら、おれたちに、そんなことができるんだ。あいてはこっちがたばになってかかっていっても、万にひとつも勝てるあいてじゃない。しのびこんだ者がいることは、隊長にとどけたか。」

といった。

「いや、まだだが……。」

悟空《ごくう》が言葉をにごすと、衛兵《えいへい》は、

「おまえ、命令をちゃんと聞いていたのか。」

といって、いぶかしそうに悟空《ごくう》を見た。

「命令というと……。」

悟空《ごくう》の言葉に、衛兵《えいへい》はためいきをついて、いった。

「そうやって、いつも、ぼうっとしていて、きちんと隊長の命令を聞いていないから、おまえはしかられてばかりいるんだ。きのうも、隊長がいっていただろうが。おかしなことがあったら、すぐに知らせにこいって。もし、魚藻池《ぎょそういけ》のほうで何かさわぎが起こっても、知らせにくるだけでいい。あとは、しらばっくれていればいいって。そういっていたろうが。」

「そうだったかな……。」

どうも、ようすがおかしいと、悟空《ごくう》は思ったが、次の瞬間《しゅんかん》、はっと気づいた。

辯機《べんき》が三蔵《さんぞう》の弟子《でし》で、三蔵《さんぞう》のところには、沙悟浄《さごじょう》がいることは、都中、知らない者はない。もちろん、悟浄《ごじょう》の正体もみな知っているにちがいない。もし、辯機《べんき》を逃《に》がしにくる者がいるとすれば、まっさきに考えられるのは悟浄《ごじょう》だ。

三蔵《さんぞう》の弟子《でし》として、弘福寺《こうふくじ》でおとなしくしているとはいえ、沙悟浄《さごじょう》は天界の捲簾大将《けんれんたいしょう》であり、しかも、いつのことかはわからないが、来世《らいせ》では、金身羅漢《こんしんらかん》となることがきまっている。そういう者が出ばってくるとわかっていたら、人間の身で、はむかいにいくばかはいない。だれだか知らないが、衛兵《えいへい》の隊長はかしこいやつだ。

「ああ、そういえば、たしかにそうだった。」

とつぶやくようにいってから、悟空《ごくう》は、

「沙悟浄様《さごじょうさま》がきたら、おれたちじゃあ、手も足も出ないからな。」

といってみた。

すると、衛兵《えいへい》はまず、

「それはそうだが、おまえ。沙悟浄様《さごじょうさま》なら、こっちの命までは持っていかない。辯機《べんき》をかっさらっていくだけの話だ。」

といった。

ということは、辯機《べんき》は生きているということだ。それなら、ひとまずは安心だ。

悟空《ごくう》が内心ほっとしていると、衛兵《えいへい》はつづけていった。

「沙悟浄様《さごじょうさま》ならいいが、もし、あの斉天大聖様《せいてんたいせいさま》がきたら、どうなるんだ。まちがって、剣《けん》などぬいて、たちむかおうものなら、それこそあっというまに、おれもおまえも、首と胴《どう》がくっついちゃいない。それくらいなら、まだ家族に遺体《いたい》を引きとってもらい、葬式《そうしき》だって出してもらえる。だけど、斉天大聖様《せいてんたいせいさま》が怒《おこ》ったら、おれたちなんか、もとはどこが頭でどこが手足だったのか、それもわからないくらいに、ぐちゃぐちゃのぎたぎたにされてしまう。」

といって、いかにも恐《おそ》ろしそうにあたりをうかがった。

「そんなこと、斉天大聖《せいてんたいせい》がするだろうか。」

悟空《ごくう》がそういうと、衛兵《えいへい》は、

「しっ！」

と人さし指を口にあてた。そして、小声でいった。

「ばか！　おまえ、ほんとうにばかだな。まったく、つきあいきれない。大聖様《たいせいさま》を呼《よ》びすてなんかにして、もし、大聖様《たいせいさま》に聞かれたら、どうするんだ。大聖様《たいせいさま》はどんなものにだって、化けられるんだ。もう、虫かなにかになって、そのへんの草むらにひそんでおられるかもしれないのだ。呼《よ》びすてにしたことが聞こえれば、それだけでもう、ぐちゃぐちゃのぎたぎただ。」

「いや、いくら斉天大聖《せいてんたいせい》だって、名まえを呼《よ》びすてにされたくらいで、おれたちをぎたぎたのぐちゃぐちゃにしたりはしないだろう。」

「いや、する！　ぜったい、ぎたぎたのぐちゃぐちゃだ。銭《ぜに》十枚《まい》までなら、かけてもいい。」

「そうかな。だが、人間を殺したら、師匠《ししょう》の玄奘三蔵様《げんじょうさんぞうさま》に破門《はもん》になるだろう。いくら、斉天大聖《せいてんたいせい》でも、破門《はもん》になるのはいやだろうが。」

「それは、おまえが大聖様《たいせいさま》のことを知らないし、玄奘三蔵様《げんじょうさんぞうさま》のことも知らないから、そんなことをいうのだ。」

「それなら、おまえはふたりを知っているのか？」

「斉天大聖様《せいてんたいせいさま》のことは見たことがないが、玄奘三蔵様《げんじょうさんぞうさま》のご法話《ほうわ》なら、一度うかがったことがある。」

「一度？　一度法話《ほうわ》をきいたくらいで、何がわかるんだ。」

「一度もきいたことがないよりは、わかる。これはご法話《ほうわ》でうかがったことではないが、玄奘三蔵様《げんじょうさんぞうさま》は大聖様《たいせいさま》を何度も破門《はもん》にしているのだ。だが、そのつど、お許《ゆる》しになっている。」

「へえ、そうなのか。」

「そうとも。一度などは、大聖様《たいせいさま》を破門《はもん》にしたら、観音菩薩様《かんのんぼさつさま》があらわれて、玄奘三蔵様《げんじょうさんぞうさま》に、大聖《たいせい》を破門《はもん》にするなら、おまえも破門《はもん》だとおっしゃったそうだぞ。だから、もし、人間を殺して、破門《はもん》になっても、すぐまた許《ゆる》される。そんなことは、大聖様《たいせいさま》もはなからご存知《ぞんじ》だから、おれたちがはむかえば、すぐに、ぎたぎたのぐちゃぐちゃだ。」

「それなら、帝《みかど》だって、河将軍《かしょうぐん》だって、大聖《たいせい》がきたら、ただじゃすまないんじゃないか。」

「そこだ、おれがいいたいのは。あまり大声ではいえないが、陛下《へいか》も河将軍《かしょうぐん》も、いったい何を考えておられるんだ。玄奘三蔵様《げんじょうさんぞうさま》のご高弟をとらえたら、大聖様《たいせいさま》が出ばってくるかもしれないくらい、子どもにだってわかる。」

「そうだよなあ。」

「だろ? だから、もし、芙蓉池《ふよういけ》の水をからせたのが辯機様《べんきさま》だとしても、見て見ぬふりをしていればいいのだ。大聖様《たいせいさま》が出ばってきたら、この宮殿《きゅうでん》なんか、あっというまに、瓦礫《がれき》の山になるんだ。おまえみたいに、その大聖様《たいせいさま》を呼《よ》びすてなんかにしたことが大聖様《たいせいさま》の耳にはいったら……。」

と衛兵《えいへい》がいったところで、悟空《ごくう》は、

「そうか。じゃあ、大声で、『斉天大聖《せいてんたいせい》!』って呼《よ》びすてで呼《よ》んで、斉天大聖《せいてんたいせい》があらわれて、おれたちをぎたぎたのぐちゃぐちゃにしなかったら、おまえ、銭《ぜに》を十枚《まい》出すんだな。」

といってから、大声でさけんだ。

「おおい、斉天大聖《せいてんたいせい》！　かくれてるなら、出てこーい！」

「やめろ！」

と衛兵《えいへい》が悟空《ごくう》にとびかかって、口をおさえようとしたが、そのときには、悟空《ごくう》は衛兵《えいへい》の姿《すがた》からもとの悟空《ごくう》にもどっていた。

「わっ！」

と声をあげて、衛兵《えいへい》がとびのいた。そして、手にしていた槍《やり》をほうりだし、そこにひれふした。

悟空《ごくう》は衛兵《えいへい》の頭のまえにかたひざをついて、いった。

「おれはおまえをぎたぎたのぐちゃぐちゃなんかにはしない。だから、銭《ぜに》十枚《まい》、こっちによこせ。」

衛兵《えいへい》はふるえる声で、

「は、はい。」

と答えると、いくらかからだを起こし、腰《こし》の紐《ひも》にくくりつけられている小袋《こぶくろ》に手をかけた。

悟空《ごくう》は立ちあがって、いった。

「冗談《じょうだん》だ。おまえから銭《ぜに》を十枚《まい》まきあげたなんてことが、お師匠様《ししょうさま》の耳に入ったら、それこそ破門《はもん》されるかもしれないからな。もっとも、それくらいでは、おまえのいうとおり、すぐに破門《はもん》はとかれるだろうが。そんなことより、はいつくばっていたんじゃ、話もできない。立て。」

「はい。」

と衛兵《えいへい》が立ったところで、悟空《ごくう》はたずねた。

「おまえ、さっき、魚藻池《ぎょそういけ》のほうで何かさわぎが起こっても、しらばっくれていればいいといわれているといったな。ということは、辯機《べんき》はその池のほうにいるということか。」

うつむいて、地面に目をおとしたまま、衛兵《えいへい》が答えた。

「はい。さようでございます。宮殿《きゅうでん》の北に魚藻池《ぎょそういけ》という池があり、そこには小島があるのですが、そこの庵《いおり》に辯機様《べんきさま》はいらっしゃいます。」

空から見たとき、禁苑《きんえん》のまん中あたりに池があり、池の中に島があった。あかりのもれている庵《いおり》も見えた。

「それで、辯機《べんき》は無事なんだな。」

「はい。ご無事でございます。」

「そうか。わかった。」

といって、悟空《ごくう》は立ちさりかけたが、ふりむいて衛兵《えいへい》にいった。

「だが、おまえ、衛兵《えいへい》だろ。そんなにかんたんに、辯機《べんき》の居場所《いばしょ》をおれに教えていいのか。ぎたぎたのぐちゃぐちゃがこわいからか。」

「いえ。そうではありません。ともうしますか、そればかりではありません。沙悟浄《さごじょう》様《さま》か、斉天大聖様《せいてんたいせいさま》があらわれたら、辯機様《べんきさま》が魚藻池《ぎょそういけ》の庵《いおり》にいることを教えるようにという命令なのです。教えたら、すぐにそれを隊長に知らせにいくことになっております。」

「どうも奇妙《きみょう》だな。辯機《べんき》が小島の庵《いおり》にいるというのはうそか？　このおれを罠《わな》にはめようというのか？」

悟空《ごくう》がそういって、顔をぐっと衛兵《えいへい》の顔に近づけると、衛兵《えいへい》はからだをのけぞらせて、首をふった。

「い、いえ。めっそうもございません。ほんとうに、辯機様《べんきさま》は小島の庵《いおり》にいらっしゃいます。ですが、それが罠《わな》かどうか、そこまでは、わたくしはわかりません。」

「そうか。もし、庵《いおり》に辯機《べんき》がいなかったら、おまえ、ただではおかないぞ。むろん、銭《ぜに》十枚《まい》ではすまない。ぎたぎたのぐちゃぐちゃだ。いちおう、おまえの名をきいておこう。おまえ、名はなんというのだ。」

「周文《しゅうぶん》です。」

「周文《しゅうぶん》だな。」

「はい。」

「では、周文《しゅうぶん》。おれに会ったことを隊長に報告《ほうこく》にいけ。どこにいったかときかれたら、小島の庵《いおり》にむかったと答えろ。」

「はっ！」

周文《しゅうぶん》と答えた衛兵《えいへい》は右の手で拳《こぶし》をつくり、左の手のひらにパンとあてて、槍《やり》をひろい、悟空《ごくう》がきたほうに走っていった。

どうも奇妙《きみょう》だ。だが、池の小島に辯機《べんき》がいるのはたしかなようだ。ともあれ、自分があらわれたことがわかれば、河将軍《かしょうぐん》とかいうやつも、姿《すがた》をあらわすだろう。そうなれば、さがす手間がはぶけるというものだ。魚藻池《ぎょうそういけ》まで歩いていっても、たいした距《きょ》離《り》ではないが、どこかに待《ま》ち伏《ぶ》せがひそんでいるかもしれない。べつにそんなものはこわくはないが、待《ま》ち伏《ぶ》せているのが人間で、うっかり殺してしまったら、また破門《はもん》になるかもしれない。あの衛兵《えいへい》がいうとおり、破門《はもん》はすぐにとかれるだろう。だが、それにしても、めんどうなことになるのは、さけたほうがいい。

悟空《ごくう》はそう思って、とんぼ返りをうち、觔斗雲《きんとうん》に跳《と》びのった。

五

魚藻池大波《ぎょそういけたいは》

ほう、得物は偃月槍《えんげつそう》か。天界では見たことがあるが、地上で見るのははじめてだ。

辯機《べんき》をおとりにして、どんな罠《わな》が待っているかわからない。

孫悟空《そんごくう》は魚藻池《ぎょうそういけ》の上空に觔斗雲《きんとうん》をとめると、身をのりだして、下をうかがった。

島には赤い橋がかかっている。

島にある庵《いおり》から、あかりがもれているほか、特別にかわったことはないようだ。

だが、油断《ゆだん》はできない。外から見て、いかにもかわっていることがはっきりわかるようでは、罠《わな》にならない。

悟空《ごくう》はひとまずコガネムシに化身し、觔斗雲《きんとうん》から飛びたった。そして、ゆっくりと空をおりていった。

庵《いおり》といっても、さすがに唐《とう》の宮殿《きゅうでん》の庭園にあるだけあって、上等な木材で作られている。窓《まど》は二重で、外側が観音開《かんのんびら》きに開けられ、内側には格子《こうし》がはめられている。

悟空《ごくう》はその格子《こうし》のすきまをくぐりぬけて、庵《いおり》の中に入った。

そこは、十人ほどの宴《うたげ》ならできそうなほどの広さがあり、四すみにあかりがともっているほか、部屋《へや》のまん中にある経机《きょうづくえ》の近くにも、あかりが立てられている。その経《きょう》机《づくえ》にひじをつき、辯機《べんき》がほおづえをついている。

悟空《ごくう》は天井《てんじょう》にへばりつき、しばらくようすをうかがっていたが、かわったことは起こらなかった。

見たところ、辯機《べんき》もどうやら本物のようだが、うまく化けたにせ者かもしれない。

悟空《ごくう》は天井《てんじょう》から飛びおりながら、若《わか》い僧《そう》に変身し、すとんと辯機《べんき》のうしろに立った。

その若《わか》い僧《そう》の姿《すがた》は、はじめて悟空《ごくう》が辯機《べんき》に会ったときの姿《すがた》だ。

物音で辯機《べんき》がふりむいた。

「あ、大聖様《たいせいさま》。」

辯機《べんき》の口からもれた言葉で、辯機《べんき》が本物だということがわかった。にせ者なら、その若《わか》い僧《そう》が悟空《ごくう》だということを知っているはずはない。

辯機《べんき》は立ちあがった。

若《わか》い僧《そう》の姿《すがた》のまま、悟空《ごくう》がいった。

「よう、辯機《べんき》。災難《さいなん》だったな。」

「はい。」

と答えてから、辯機《べんき》はあわてていいなおした。

「いいえ。災難《さいなん》などとは、これしきのことはなんでもありません。天竺《てんじく》にいかれたとき、お師匠様《ししょうさま》はもっともっと、つらい目にあわれたことでしょうから。」

「まあ、そんな強がりはいいとして、何が起こったか、いってみな。立ってないで、すわれよ。」

悟空《ごくう》はそういって、辯機《べんき》のまえにどかりとあぐらをかいたが、そのときにはもう、もとの悟空《ごくう》の姿《すがた》になっていた。

「いつもながら、あざやかですね、大聖様《たいせいさま》。」

といってから、辯機《べんき》はすわりなおし、悟空《ごくう》にたずねた。

「芙蓉池《ふよういけ》の水がなくなったことはごぞんじですか。」

悟空《ごくう》はうなずいた。

「ああ、知ってる。見てきた。」

「あの水が干《ひ》あがったのは、わたしが祈禱《きとう》でそうしたからだということになったようで、河将軍《かしょうぐん》の兵たちが弘福寺《こうふくじ》にやってきて、わたしをとらえ、ここにつれてきたのです。わたしには、何がなんだか、わかりません。」

「そうか……。」

とつぶやいてから、悟空《ごくう》は、

「だけど、おまえ。ほんとうは、おまえが芙蓉池《ふようけ》の水を干《ひ》あがらせたんじゃないのか。」

といってみた。

「とんでもないことです。わたしは大聖様《たいせいさま》とはちがうのです。ふつうの人間ですから、そんなこと、できるわけがないではありませんか。」

むきになってそういった辯機《べんき》をなだめるように、悟空《ごくう》はいった。

「冗談《じょうだん》だ。それに、このおれだって、池の水を干《ひ》あがらせるなど、できはしない。」

辯機《べんき》はおどろき、

「えっ？　大聖様《たいせいさま》にもできないのですか？」

といった。

「できないよ。」

「大聖様《たいせいさま》にも、おできにならないことがあるのですか？」

「そりゃあ、ある。」

「へえ。そうなのですか。」

「ああ。だいたい水を干《ひ》あがらせたり、逆《ぎゃく》に雨をさんざんふらせて、池の水をあふれさせるなんてことは、竜《りゅう》のすることだ。猿《さる》のすることとじゃない。しかし、おまえ、天《てん》井《じょう》からしばらく見ていたんだが、経机《きょうづくえ》にほおづえなんかついて、おさまりかえっていたが、こわくなかったのか。」

「べつに、こわくはありません。いざとなれば、兄弟子様《あにでしさま》たちが助けにきてくださると思っていましたから。それより、お師匠様《ししょうさま》や沙悟浄様《さごじょうさま》はどうなさってますか。」

「悟浄《ごじょう》は今ごろ、芙蓉池《ふよういけ》をはいつくばって、しらべているだろう。お師匠様《ししょうさま》は、おまえのことが心配で眠《ねむ》れずにいるだろう。」

そう聞いて、辯機《べんき》がうつむき、

「師匠《ししょう》に心配をかける弟子《でし》はよくない弟子《でし》です……。」

といったときだった。外で水の音がした。

それも、さらさらと流れるような音ではなく、海岸に押《お》しよせる波のような音だった。

「なんだ……。」

悟空《ごくう》は立ちあがると、南側にひとつしかない戸を押《お》しあけた。

ピシャリと、悟空《ごくう》の顔に水しぶきがかかった。

その水を手でぬぐいとって、外に目をやると……。

ザブリ、ザブリと池の水が波立ち、まるで、大海《たいかい》の小島に高波が押《お》しよせているかのようだった。

月光の下、寄《よ》せくる高波のひとつに、だれかが乗っているのが見えた。

悟空《ごくう》のうしろで、辯機《べんき》の声がした。

「こ、これはいったい……。」

悟空《ごくう》の肩《かた》ごしに、辯機《べんき》が外をのぞいているのだ。

悟空《ごくう》はふりむかずに、いった。

「波頭《なみがしら》に乗って、こっちにくるやつはだれだ。」

「あれは河将軍《かしょうぐん》です。」

「波に乗ってくるとは、やはりただの人間ではないな。」

悟空《ごくう》がそういったとき、岸に打ちよせた高波から、鎧《よろい》を見につけた将軍姿《しょうぐんすがた》の男が島に跳《と》びおりた。男が乗ってきた高波がザブンと岸辺でくだけた。

男は三日月形の刃《は》のついた槍《やり》を左のこわきにかかえている。

「ほう、得物は偃月槍《えんげつそう》か。天界では見たことがあるが、地上で見るのははじめてだ。」

悟空《ごくう》はそういうと、庵《いおり》を出た。

男がさっと右手をあげた。

たちまち池の波がしずまった。

岸辺から庵《いおり》まで、短い坂がある。その坂道をゆっくりと歩いてくる。すぐに跳《と》びかかってくるようすはない。

いつのまにか、辯機《べんき》も庵《いおり》から出てきて、悟空《ごくう》のすぐうしろに立っている。

悟空《ごくう》がだまって男を見つめていると、男は悟空《ごくう》から十歩ほどはなれたところまできて、立ちどまった。

将軍《しょうぐん》にしては若《わか》い。まだ、三十そこそこといったところだろう。体はさほど大きくはない。悟空《ごくう》と同じくらいの背《せ》たけだろうか。

男の口が開いた。

「天界の弼馬温《ひつばおん》、孫悟空《そんごくう》だな。」

悟空《ごくう》を弼馬温《ひつばおん》と呼《よ》ぶところをみると、いくらかは悟空《ごくう》のことを知っているようだ。それにしても、弼馬温《ひつばおん》という言葉を聞くのはひさしぶりだ。

かつて、悟空《ごくう》はその言葉を聞くと、いや、聞いただけで、あいてがだれであろうと、頭にかっと血がのぼり、見さかいがなくなったものだ。だが、今はさほど腹《はら》も立たなかった。腹《はら》が立たないことがかえって、自分でも奇妙《きみょう》だと思えた。

弼馬温《ひつばおん》か。まあ、闘戦勝仏《とうせんしょうぶつ》と呼《よ》ばれるよりはいいか……、とまで思ってしまった。

悟空《ごくう》はひとつため息《いき》をついてから、いった。

「河将軍《かしょうぐん》というのはおまえか？」

悟空《ごくう》の問いに、男はうなずいた。

悟空《ごくう》はいった。

「そうか。では、河将軍《かしょうぐん》。辯機《べんき》にいいがかりをつけて、とらえたのは、なんのためだ。」

「むろん、おまえをおびきよせるためだ。だが、おまえがくるまえに、沙悟浄《さごじょう》がさきにくればよかったのだがな。」

「沙悟浄《さごじょう》がさきにねえ……。」

といいながら、悟空《ごくう》は河将軍《かしょうぐん》の頭のてっぺんからつまさきまで、つくづくとながめた。

だが、どこかで会ったおぼえはまるでなかった。

「つまり、悟浄《ごじょう》とおれに用があるということだな。」

「そうだ。」

「では、八戒《はっかい》には？」

「あの猪豚《いのぶた》にも、あとで挨拶《あいさつ》にいく。」

「なるほど。では、玄奘三蔵《げんじょうさんぞう》は？　おれたちの師匠《ししょう》には、用はないのか。」

「用がないわけではない。あいつは最後にとっておく。」

「それなら、ここにいる辯機《べんき》はどうだ？　辯機《べんき》にも用があるのか。」

悟空《ごくう》の言葉に、河将軍《かしょうぐん》は首をふった。

「そいつには用はない。おまえが承知《しょうち》すれば、いつでも帰らせてやる。」

「承知《しょうち》とは、何を承知《しょうち》すればいいのだ。」

「おれとの勝負だ。」

「そういうことなら、しかたがない。」

悟空《ごくう》はそういって、耳から針《はり》ほどの如意金箍棒《にょいきんこぼう》を出し、ひとふりして、いつもの棒《ぼう》の長さにすると、それを右のこわきにかかえ、

「辯機《べんき》。はなれてろ！」

といって、ぐっと腰《こし》をおとした。

それを見て、河将軍《かしょうぐん》はいった。

「早合点をするな。勝負はここではない。ここで、おまえをたおしても、見ているのは衛兵《えいへい》だけだ。あすの正午、芙蓉池《ふようけ》にこい。」

「あすの正午に芙蓉池《ふよういけ》だな。承知《しょうち》した。承知《しょうち》したからには、辯機《べんき》は返してもらうぞ。」

「よかろう。」

とうなずき、河将軍《かしょうぐん》は島の対岸にむかって、声をはりあげた。

「衛兵《えいへい》！」

ドヤドヤと足音をたてて、十人ほどの衛兵《えいへい》が橋をわたってくるのが見えた。

そちらにむかって、河将軍《かしょうぐん》が大声でいった。

「孫悟空《そんごくう》と辯機《べんき》を弘福寺《こうふくじ》に送りとどけろ！」

それから、河将軍《かしょうぐん》は悟空《ごくう》を見て、

「約束をたがえれば、ただではおかぬぞ。」

といいのこし、岸のほうに去っていった。

河将軍《かしょうぐん》は池に一歩足をふみいれると、あとは歩きもせずに、すべるように水面をすすみ、むこう岸にわたっていった。

辯機《べんき》が感心したようにいった。

「河将軍《かしょうぐん》は、あんなこともできるのですね。」

悟空《ごくう》は、

「あれくらいは、おれもできる。しかし、いちいちやることが派手《はで》なやつだな。」

といった。

六 義兄弟《ぎきょうだい》

鎮元子《ちんげんし》と、それから牛魔王《ぎゅうまおう》はわたしの義兄弟《ぎきょうだい》です。

平気そうな顔をしていても、とらえられて不安だったのだろう。ほっと安心し、疲《つか》れも出たようだ。辯機《べんき》は弘福寺《こうふくじ》にもどると、玄奘三蔵《げんじょうさんぞう》に挨拶《あいさつ》をしてから、すぐに床《とこ》についた。むろん、三蔵《さんぞう》がそうさせたのではあるが。

沙悟浄《さごじょう》はまだ帰ってきていなかった。

夜もかなり深まり、西の窓《まど》から満月が見えた。

孫悟空《そんごくう》は、経机《きょうづくえ》をはさんで三蔵《さんぞう》のむかい側にすわり、禁苑《きんえん》でのできごとすべてを三《さん》蔵《ぞう》に話した。

話を聞きおわると、三蔵《さんぞう》は、

「河将軍《かしょうぐん》はやはり、ふつうの人間ではありませんね。」

といった。

「もちろんそうです。ふつうの人間は水の上を立ったままで進めないどころか、歩くことだってできませんから。まして、道具も使わず、波に乗るなんてことも、ふつうの人間ではできません。」

「では、河将軍《かしょうぐん》は何者なのでしょう。」

「仙道《せんどう》にたけた者だということはまちがいないでしょう。お師匠様《ししょうさま》。お師匠様《ししょうさま》は、人参果《にんじんか》のことをおぼえていらっしゃいますか。」

「五荘観《ごそうかん》の？」

「そうです。あの道教寺院の鎮元子《ちんげんし》は鎮元大仙《ちんげんたいせん》といわれ、仙道《せんどう》をきわめた者です。鎮元子《ちんげんし》なら、河将軍《かしょうぐん》がしたことなど、わけもなくやってのけます。」

「あのときは、おまえも……。」

とそこまでいって、三蔵《さんぞう》は言葉をとぎらせた。

悟空《ごくう》は三蔵《さんぞう》の目を見て、いった。

「おまえも、ずいぶんてこずりましたよね、とかなんとか、おっしゃろうとしたのでしょう。」

「いえ……。」

と目をそらし、三蔵《さんぞう》は話をかえた。

「ですが、ふつうの人間かどうかはべつにして、いったい河将軍《かしょうぐん》の目的はなんなのでしょう。」

「それもですが、問題はもうひとつあります。もし、辯機《べんき》がほんとうに祈禱《きとう》で芙蓉池《ふよういけ》の水をからしたとしましょう。それで、証拠《しょうこ》もあって、やったことが明々白々《めいめいはくはく》だったとしても、この国の帝《みかど》はお師匠様《ししょうさま》にことわりもなく、問答無用で辯機《べんき》をとらえさせるでしょうか。」

悟空《ごくう》がそういうと、三蔵《さんぞう》はうつむいて、ぽつりといった。

「それは、このわたしの修行《しゅぎょう》がたりず、身の不徳《ふとく》のいたすところです。」

「そんなことはないでしょう。」

「そんなことはあります。」

と三蔵《さんぞう》が顔をあげたところで、悟空《ごくう》は、

「ここの帝《みかど》は、お師匠様《ししょうさま》が来世《らいせ》、栴檀功徳仏《せんだんくどくぶつ》になられることを知ってますよね。それに、お師匠様《ししょうさま》は帝《みかど》と義兄弟《ぎきょうだい》のちぎりをむすんでいるんだ。そんなあいての弟子《でし》をいきなり、ことわりもなく、つかまえますかね。」

といってから少し間《ま》をおき、牛魔王《ぎゅうまおう》はわたしの義兄弟《ぎきょうだい》です。」

「鎮元子《ちんげんし》と、それから牛魔王《ぎゅうまおう》はわたしの義兄弟《ぎきょうだい》です。」

「それは、わたしもぞんじております。」

「それで、花果山《かかざん》の猿《さる》の長老のひとりが五荘観《ごそうかん》の人参果《にんじんか》に手をつけてしまったとしましょう。そうしたら、きっと、鎮元子《ちんげんし》がわたしのところにやってきて、いったいどういうことだと、まず問いただすでしょう。たぶん、その長老猿《ちょうろうざる》にではなく、鎮元子《ちんげんし》はこのわたしにおとしまえをつけさせるでしょう。そう思いませんか。」

「そうかもしれません。」

「そうかもしれないじゃなくて、そうなんです。帝《みかど》のやっていることは正気《しょうき》の沙汰《さた》ではありません。」

「正気《しょうき》の沙汰《さた》ではないとは？」

「だから、文字《もじ》どおり、正気《しょうき》じゃないってことですよ。だって、辯機《べんき》がとらえられたことで、わたしが頭にきて、大あばれしたらどうなるんです。こうもしてはなんですが、今わたしの頭にあるのは、にせ物の緊箍《きんこ》ですよ。いくらお師匠様《ししょうさま》が緊箍呪《きんこじゅ》をと

なえたって、わたしはなんともありません。こんな都のひとつやふたつ、もとは畑だったのか、砂漠《さばく》だったのか、それとも森だったのか、まるでわからなくするくらい、わたしなら半日もかかりません。芙蓉池《ふよういけ》の水と、この長安の都ぜんぶと、帝《みかど》はどっちがだいじなんです。」

「都ぜんぶのほうがだいじでしょう。芙蓉池《ふよういけ》の水は都ぜんぶのうちのひとつにすぎませんから。」

「だから、正気《しょうき》の沙汰《さた》ではないといっているんです。つまり、帝《みかど》は十中八、九、河将《かしょう》軍《ぐん》に心をあやつられているんです。波に乗るくらいのやつです。妖術《ようじゅつ》を使ったか、仙《せん》薬《やく》を使ったか、それはわかりませんが、河将軍《かしょうぐん》は帝《みかど》をあやつっているのです。」

「なるほど。もしそうなら、帝《みかど》をお助けもうしあげないと。」

「それは、あした、河将軍《かしょうぐん》をやっつければ、なんとかなりますよ。でも、やっつけるにしても、河将軍《かしょうぐん》の正体やもくろみがわかっていたほうが、やっつけやすいっていうものですからね。」

「それはそうでしょう。」

「河将軍《かしょうぐん》の正体がなんであるにしても、目的は帝《みかど》や辯機《べんき》ではありません。このわたしだということははっきりしています。辯機《べんき》はわたしをおびきよせる罠《わな》のえさです。しかも、おびきよせて、ただわたしを討《う》とうというんじゃないですね。」

そういって、悟空《ごくう》が腕《うで》をくむと、三蔵《さんぞう》は経机《きょうづくえ》に少し身をのりだして、

「ただ討《う》とうというわけではないというと、それはどういうことです。」

といった。

「真昼間に、たくさんの人が見ているところで、わたしを討《う》ちたいのでしょう。」

悟空《ごくう》がそういうと、三蔵《さんぞう》はからだをいくらか引いて、いった。

「つまり、おまえをやっつけるところを都の人々に見せて、自分がこの世でいちばん強いというところを見せたいということですか。」

悟空《ごくう》はくんでいた腕《うで》をほどき、三蔵《さんぞう》にいった。

「お師匠様《ししょうさま》。今、なんとおっしゃいましたか?」

「河将軍《かしょうぐん》は、おまえをやっつけるところを都の人々に見せて、自分がこの世でいちばん強いというところを見せたいのだろうかと、そういったのです。」

「すみません。よく聞こえなかったので、もう一度お願いします。自分がこの世で、なんですって?」

三蔵《さんぞう》は声を高めていった。

「この世でいちばん強いところを見せたいのではないかといったのです。」

悟空《ごくう》はようやくわかったというように、大きくうなずいた。

「ということは、お師匠様《ししょうさま》は、わたしをたおせば、この世でいちばん強いところを見せられると思ってらっしゃるんですね。」

「それはそうでしょう。」

「それなら、わたしがこの世でいちばん強いと思ってらっしゃることになりますが、そういうことですね。」

「そうですよ。おまえ、おかしいですよ。そんなこと、あたりまえではないですか。おまえ、にやにや笑って、どうしたのです。」

「べつににやにや笑っているつもりはありません。」

とはいったが、悟空《ごくう》は自分でも、にやついてしまったことに気づいていた。

悟空《ごくう》はまじめな顔にもどって、いった。

「河将軍《かしょうぐん》は、わたしに勝って、長安の人間たちの目のまえで、わたしに恥《はじ》をかかせたいのではないかと思うのです。ただ、わたしを討《う》とうとするだけなら、さっき、禁苑《きんえん》でも、できたはずです。それをわざわざ、真昼間、場所も今、評判《ひょうばん》の芙蓉池《ふよういけ》にしたのは、そのためです。そして、万一、わたしが辯機《べんき》を助けにいかなければ、それをあちこちにいいふらし、わたしを笑い者にする気だったのです。」

「なるほど。」

「ですが、そういうことだけなら、そいつがだれであっても、わたしのほうが強いところを見せつけてやれば、そいつはこそこそ逃《に》げていくだけでしょう。けれども、ちょっと頭がはたらけば、なまじの修行《しゅぎょう》では、わたしに勝てないくらい、わかりますよ。ちがいますか。」

「そうですね。」

と三蔵《さんぞう》はうなずいてから、いった。

「では、河将軍《かしょうぐん》は、おまえに負けることも覚悟《かくご》しているかもしれないということですか。」

「そうだったら、やっかいだと思うのです。」

と答えたところで、悟空《ごくう》は、まえにも似《に》たようなことがあったな、と思った。

いつだったかな……、とふたたび腕《うで》をくんで、悟空《ごくう》が思い出そうとしたとき、塔《とう》をあがってくる足音が聞こえた。

悟浄《ごじょう》がもどってきたのだ。

悟浄《ごじょう》が三層《そう》にあがってくると、悟空《ごくう》はいった。

「辯機《べんき》は助けだしてきた。それから、あしたの正午、芙蓉池《ふよういけ》で、河将軍《かしょうぐん》とちょっとした見世物をすることになった。それで、芙蓉地《ふよういけ》で何か見つかったか？」

悟浄《ごじょう》は三蔵《さんぞう》に、

「お師匠様《ししょうさま》、ただいまもどりました。」

と挨拶《あいさつ》をしてから、悟空《ごくう》のとなりにすわった。

「あの池はけっこう深いところもあって、まだ、人の背《せ》たけより水があるところもある。じっさいにそこにもぐってみてわかったのだが、じつは、そういう場所では、水《みな》底《そこ》が凍《こお》っているのだ。」

「水底《みなそこ》が凍《こお》っている……？」

と悟浄《ごじょう》の言葉をくりかえして口にしたとき、悟空《ごくう》は、はっと気づいた。

だが、悟空《ごくう》は気づいたことにはふれず、悟浄《ごじょう》に、

「禁苑《きんえん》で何があったかは、ぜんぶ、お師匠様《ししょうさま》に話したから、お師匠様《ししょうさま》から聞いてくれ。

おれはちょっと用事ができたらか、出かける。朝までには帰ってくる。」

といい、三蔵《さんぞう》に、

「お師匠様《ししょうさま》。おやすみなされませ。」

とあいさつしてから、立ちあがった。そして、月の見える西の窓《まど》まで歩いていき、そこから外に身をおどらせ、とんぼ返りをうった。

觔斗雲《きんとうん》に乗った悟空《ごくう》は月夜の空をまいあがっていった。

七

東海竜宮《とうかいりゅうぐう》

人間、変われば、変わるものだ……。

いつものように、エビとカニが見張《みは》りをしている。その門をくぐり、中庭をぬけると、東海竜宮《とうかいりゅうぐう》の広間が見える。魚顔《さかながお》の女官《にょかん》数人と、東海竜王敖広《とうかいりゅうおうごうこう》が庭の珊瑚《さんご》をながめている。

どかどかと中庭にやってきた孫悟空《そんごくう》に気づいたようで、敖広《ごうこう》はさっと手をあげ、女《にょ》官《かん》たちをさがらせてから、

「斉天大聖様《せいてんたいせいさま》。いかがでした、芙蓉池《ふよういけ》は？」

といいながら、広間から中庭に出る階段《かいだん》をおりてきた。

「おまえのいったとおりだ。それで、ちょっとたしかめたいことがあって、きたんだ。すぐに帰るから、茶はいらない。」

「そうですか。ともあれ、広間におあがりください。」

とすすめる敖広《ごうこう》に、悟空《ごくう》は立ちどまり、

「いや、ここでいい。おまえの弟に、ちょっと使いを出して、たしかめてほしいことがあるのだ。」

といった。

「ほう。それでは、弟三人に、すぐに使いを出しましょう。」

敖広《ごうこう》はそういうと、両手を打って、声をあげた。

「伝令を三名！　したくをさせろ！」

「いや、ひとりでいいんだ。北海竜王敖順《ほっかいりゅうおうごうじゅん》のところにいって、きいてきてほしいことがあるんだ。」

「伝令は一名！」

敖広《ごうこう》は奥《おく》にむかってそういってから、悟空《ごくう》の顔を不安そうに見た。

「敖順《ごうじゅん》のところですか。かまいませんが、どうして敖順《ごうじゅん》ひとりに用がおありなのでしょう。」

悟空《ごくう》は答えた。

「いや。おれが自分でいってもいいのだが、それだと、ほら、なんというか、おまえの立場ってものもあるしな。おまえが使いを出して、それでしらべさせてわかったっていうならまだしも、おれが直接《ちょくせつ》乗りこんでいって、しらべたとなると、ことが明るみに出たとき、おまえだって、敖順《ごうじゅん》だってなあ。わかるだろ？」

「はあ。と、そうおっしゃるということは、ひょっとして、敖順《ごうじゅん》が何かふてぎわをしたということでしょうか。」

悟空《ごくう》は右の人さし指であごの下をかきながら、いった。

「まあ、そうじゃないかと思うんだよ、おれは。」

「えーっ！」

と驚《おどろ》きの声をあげ、敖広《ごうこう》はいった。

「どんなことをしたのです、敖順《ごうじゅん》は？　人でも食いましたか。」

「いや。そうではないが、敖順《ごうじゅん》はよく人間を食うのか？」

「いえ、そんなことはありませんが、ひょっとしてということもありますからね、世の中には。それで、人を食ったのでなければ、何を食ったのです。」

「なあ、敖広《ごうこう》。おれ、敖順《ごうじゅん》が何かを食ったなんていったか？」

「いえ、おっしゃいませんが、あいつは、兄弟の中で、いちばん食い意地がはっているものですから、つい……。」

「そうか。だが、敖順《ごうじゅん》の食い物のことではない。敖順《ごうじゅん》の身内で、竜宮《りゅうぐう》からいなくなったやつがいるんじゃないかと思うんだが、それをたしかめてほしいんだ。」

「北海竜宮《ほっかいりゅうぐう》からいなくなった者ですか……。」

といって、敖広《ごうこう》はさぐるような目で中庭を見わたした。そして、いった。

「つまり、長安の芙蓉池《ふようのいけ》の水を干《ほ》したのは、敖順《ごうじゅん》のところの者だと、大聖様《たいせいさま》はそうお疑《うたが》いなのですね。」

「まあ、ありていにいえば、そうだ。だからな、おれが自分でいって、敖順《ごうじゅん》に問いただして、それで、逃亡者《とうぼうしゃ》がいたとわかったら、しかも、ただ逃《に》げただけじゃなくて、おれのお師匠様《ししょうさま》がいる長安で悪さをしたって、そういうことになったら、敖順《ごうじゅん》はどういう立場になるんだ。」

「なるほど。大聖様《たいせいさま》に問いただされるまえに、自分でなんとかしろと、そういうことですか。」

「自分でなんとかしろというわけでもないのだが、まあ、だいたいそういうことだ。

それなら、敖順《ごうじゅん》だって、おれに、へいこら、あやまるだけですむではないか。」

「わかりました。よく、わかりました。今すぐ、伝令を送り、しらべさせますから、大聖様《たいせいさま》はどうぞ広間でお待ちください。」

「いや、いいよ。おれは帰る。それで、もし、敖順《ごうじゅん》のところに脱走者《だっそうしゃ》がいたら、たぶんそいつが芙蓉池《ふようけ》の水を干《ほ》したやつだから、きょうの正午に長安の上空にきていろって、敖順《ごうじゅん》にそうつたえてくれ。それで、そいつがいても、おれが合図をするまで手を出すなってな。もし、逃《に》げたやつがだれもいなかったら、まあ、それでも、たいくつしのぎになることくらいは起こるから、長安に見にこいって、そうつたえてくれ。」

そういって、悟空《ごくう》が帰ろうとすると、敖広《ごうこう》が引きとめた。

「お待ちください、大聖様《たいせいさま》。たいくつしのぎとおっしゃると、これですか？」

敖広《ごうこう》はそういって、右手でこぶしをつくり、それを上から下にふりおろした。

悟空《ごくう》はふりむいて、うなずいた。

「まあ、そうだ。」

「だれです、あいては？」

「河将軍《かしょうぐん》っていうかっこうをしているが、人間なら仙人《せんにん》だな。だが、人間ではないと思う。おれの推測《すいそく》があたっていれば、もとは獣《けもの》だな。」

「獣《けもの》というと、虎《とら》とか獅子《しし》とか？」

「そうかもしれないが、そんな大きなやつじゃないかもしれない。」

「それでは、ねずみとかかかえるですか。」

「いきなり小さくなったな。ねずみかもしれない。でも、いっておくが、かえるは獣《けもの》じゃないだろ。」

「なるほど。いずれにしても、獣《けもの》が河将軍《かしょうぐん》という人間に化けているわけですね。そうなると、もとは獣《けもの》の妖怪《ようかい》ということになりますね。」

「まあ、そうだ。」

「へえ……。」

と敖広《ごうこう》がうれしそうとも見える顔をしたので、悟空《ごくう》はたずねた。

「なんだか、楽しそうではないか。」

敖広《ごうこう》はきゅうにまじめな顔にもどり、

「いえ。敖順《ごうじゅん》が不始末をしたのに、楽しそうなどとは、とんでもない。しかし、敖順《ごうじゅん》のことは、大聖様《たいせいさま》もあまりお腹立《はらだ》ちになっていらっしゃらないようにお見うけしますし、あいてが人間でないとなると……。」

とそこまでいって、また、口もとをゆるめた。

「人間でないとなると、なんだ？」

悟空《ごくう》の問いに、敖広《ごうこう》は、

「来世名《らいせめい》、栴檀功徳仏様《せんだんくどくぶつさま》の玄奘三蔵様《げんじょうさんぞうさま》は、大聖様《たいせいさま》が人間をあやめると、腹《はら》を立てられて、大聖様《たいせいさま》を破門《はもん》になさることがありましたよね。でも、あいてが妖怪《ようかい》のときは、大《たい》聖様《せいさま》が何をされても……。」

と、そこまでいって、悟空《ごくう》の顔をのぞきこむようにして見た。

「お師匠様《ししょうさま》のことで、おれが腑《ふ》に落ちないのはそこだ。妖怪《ようかい》を殺しても、いっさいおかまいなしだからな、うちの師匠《ししょう》は。」

悟空《ごくう》がそういうと、敖広《ごうこう》は、

「どうやら、そのようなことですが、そうなると、今度の妖怪《ようかい》は、ひさしぶりに、ぎたぎたのぐちゃぐちゃということに……？」

といって、目を細めた。

「その、ぎたぎたのぐちゃぐちゃって、長安の禁苑《きんえん》の衛兵《えいへい》もおなじことをいっていたが、なんだよ、それ。」

「やはり、長安《ちょうあん》の衛兵《えいへい》も使っておりましたか、ぎたぎたのぐちゃぐちゃを。いえ、このあいだ、弟の南海竜王《なんかいりゅうおう》が遊びにきて、ぎたぎたのぐちゃぐちゃという言葉が人間のあいだではやっているともうしておったのです。」

「南海竜王《なんかいりゅうおう》というと、敖欽《ごうきん》だな。」

悟空《ごくう》がそういうと、敖広《ごうこう》はうなずいた。

「さようでございます。」

悟空《ごくう》の頭のにせ緊箍《きんこ》は、南海竜王敖欽《なんかいりゅうおうごうきん》のところの職人《しょくにん》が作ったものだ。そういうものを職人《しょくにん》に作らせたり、人間世界を見物にいったり、そういうことをする竜王《りゅうおう》なのだろう、南海竜王敖欽《なんかいりゅうおうごうきん》は。

悟空《ごくう》はいった。

「おまえや敖順《ごうじゅん》といっしょに、敖欽《ごうきん》もくるかな。」

「知らせれば、かならずきます。」

「じゃあ、知らせてくれ。それで、そうだな。獣《けもの》が一頭入るような檻《おり》を竜宮金《りゅうぐうきん》で作らせて、持ってこさせてくれ。ちゃんと、とびらがついていて、錠前《じょうまえ》がかかるやつだが、短い時間で作らせることができるかな。」

「できますとも。ですが、敖順《ごうじゅん》と敖欽《ごうきん》のところに使いを出して、西海竜王《せいかいりゅうおう》の敖閏《ごうじゅん》に教えないっていうわけにもいかないので、西海竜宮《せいかいりゅうぐう》にも、知らせを出していいでしょうか。」

「いいよ。でも、おまえが期待するような、ぎたぎたのぐちゃぐちゃっていうのは、どうかな。そういうことには、ならないようにしたいのだ。」

「へえ……。」

と敖広《ごうこう》は横目で悟空《ごくう》を見て、つぶやいた。

「人間、変われば、変わるものだ……。」

「敖広《ごうこう》。おまえ、今、なんていった。」

「いえ、べつに。」

そっぽをむいた敖広《ごうこう》に、悟空《ごくう》はいった。

「いっておくが、おれは人間じゃないからな。」

敖広《ごうこう》が悟空《ごくう》に視線《しせん》をもどした。

「ぞんじておりますが、だれが大聖様《たいせいさま》のことをいったのです?」

「だって、おまえ、今、人間、変われば、変わるものだって、そういったではないか。」

「あ、それですか。はい、たしかにもうしました。ですが、大聖様《たいせいさま》のことではございません。大聖様《たいせいさま》は人間じゃないでしょうが。」

「じゃあ、だれのことだよ。」

「えっ？」

と言葉をつまらせてから、敖広《ごうこう》は答えた。

「それは、もちろん、ほら、あれ、ええと、ほら、そうそう。玄奘三蔵様《げんじょうさんぞうさま》のことです。なにしろ、来世《らいせ》には、栴檀功徳仏様《せんだんくどくぶつさま》になられるんですからねえ。いや、ほんと、人間、変われば、変わるものと、そういうことです。」

それから、敖広《ごうこう》は広間の奥《おく》にむかって、大声でさけんだ。

「やはり、伝令三名、ただちに、ここにまいれ！」

「じゃあな。たのんだぞ、敖広《ごうこう》。」

悟空《ごくう》がそういって、中庭を門にむかって歩いていくと、また、敖広《ごうこう》の声が聞こえた。

「やはり、三名ではない。五名、いや、もっとだ。十名の伝令をここに集めろ！　いや、もっとだ……。」

悟空《ごくう》は大きなため息をついて、東海竜宮《とうかいりゅうぐう》の門をくぐりでた。

悟空《ごくう》が夜中のうちに弘福寺《こうふくじ》にもどると、玄奘三蔵《げんじょうさんぞう》は五層《そう》の塔《とう》の三層《そう》でまだ起きていた。

三蔵《さんぞう》は悟空《ごくう》に何かいいたそうだったが、悟空《ごくう》は、

「それでは、おやすみなさいませ。お師匠様《ししょうさま》はご心配なさらないように。」

とだけいって、五層《そう》の塔《とう》の一層《いっそう》、すなわち一番下の階におりた。

あとからすぐにおりてきた沙悟浄《さごじょう》に、悟空《ごくう》はいった。

「お師匠様《ししょうさま》があした芙蓉池《ふようけ》にいくといっても、万一ということもあるから、こさせてはいけない。おまえはここに残って、お師匠様《ししょうさま》と辯機《べんき》を外に出さないようにしろ。あいては、やけになって、何をするかわからないからな。」

「わかった。だが、河将軍《かしょうぐん》の正体は何者なんだ。」

壁《かべ》によりかかって、床《ゆか》に足をなげだすと、悟浄《ごじょう》の問いに悟空《ごくう》は答えた。

「正体はわからないが、どんなやつかはだいたいわかる。」

「それ、どういう意味だ。」

「まあ、あしたになれば、みんなわかるさ。」

悟空《ごくう》はそういうと、ごろりと横になり、ひじを枕《まくら》に眠《ねむ》ってしまった。

八

晴天七雲

だが、まだ終わっていないやつがいるってことか。

朝になって、孫悟空《そんごくう》が觔斗雲《きんとうん》に乗って芙蓉池《ふよういけ》にいってみると、水はもとにもどっていた。

空は青く晴れわたっている。だが、目を細めて、太陽を見あげると、太陽の近くに、小さな雲が点々といくつか見える。太陽の光のまぶしさのせいで、人間にはよく見えないだろうが、悟空《ごくう》の目には、その雲がうねうねと動いているのがわかる。ふつうの雲なら、そんな動きはしない。雲が小さいのは、よほどの高さのところにあるからだ。

悟空《ごくう》は目を細め、太陽にむかって空をゆっくりとあがっていった。

上空の朝風が気持ちいい。

近づくにつれ、ひとつひとつの雲が大きくなってくる。どの雲も、微妙《びみょう》に色がちが

う。そういくつもの雲のひとつを下からつきぬけ、悟空《ごくう》は雲の上に出た。

案の定、それはふつうの雲ではなかった。

人間が見たら、おそらくその場で卒倒《そっとう》しただろう。

悟空《ごくう》がつきぬけてきた雲に一頭、それからまわりの雲にも、それぞれ一頭か二頭、中には三頭もの巨大《きょだい》な竜《りゅう》がうねうねと動き、首を上下左右にふっている。

悟空《ごくう》がつきぬけてきた雲の中にいたのは、金色の竜《りゅう》だった。

その金色の竜《りゅう》があごをひき、大きく身をそらした。そして、いっきに顔をつきだしてきたかとおもうと、觔斗雲《きんとうん》の上の悟空《ごくう》に声をかけてきた。

「おはようございます。斉天大聖様《せいてんたいせいさま》。このたびは、わたくしめの身内がとんだことをいたしまして、まことにもうしわけございません。」

南海竜王敖欽《なんかいりゅうおうごうきん》だ。

「身内っていっても、おまえのところの竜《りゅう》じゃなかろうが。」

悟空《ごくう》がそういうと、竜《りゅう》は悟空《ごくう》を巻《ま》きこむように、長いからだを悟空《ごくう》のまわりにぐるりとめぐらせて、いった。

「南海竜宮《なんかいりゅうぐう》の竜《りゅう》でなくとも、弟のところの者なら、身内でございます。」

それから、敖欽《ごうきん》は悟空《ごくう》の頭の緊箍《きんこ》に目をやり、

「わたくしめの職人《しょくにん》が作ったおかざりをお気にめしていただけたようで、まことに光栄です。」

といいたした。

「大気に入りだ、敖欽《ごうきん》。まだ、礼をいってなかった。ありがとうよ。だれが見たって、本物の緊箍《きんこ》だ。」

「こんなことをもうしあげるのも、なんでございますが、おつむりによくお似合《にあ》いでございます。」

「それに、うちのお師匠様《ししょうさま》や観音《かんのん》の野郎《やろう》がいくら緊箍呪《きんこじゅ》をとなえても、頭をぐいぐいしめつけてくることもないしな。」

悟空《ごくう》と敖欽《ごうきん》がそんなふうに話していると、となりの雲が近づいてきた。雲のあちこちから、銀色の竜《りゅう》がからだをのぞかせている。

銀色の竜《りゅう》は雲からぐっと顔をつきだしてきて、悟空《ごくう》にいった。

「斉天大聖様《せいてんたいせいさま》。まことにもうしわけしだいもございません。大聖様《たいせいさま》がこちらにいらっしゃるまえに、弘福寺《こうふくじ》にお詫《わ》びにあがろうと思ったのですが、それでは、寺の者たち

が驚《おどろ》くだろうからと、兄の敖広《ごうこう》がとめるものですから、ここでお待ちいたしておりました。」

まず、銀色の竜《りゅう》はそういって、首をぐるりとまわしたが、遠くから見たら、それはあやまっているというより、獲物《えもの》におそいかかろうとしているようにしか見えないだろう。

北海竜王敖順《ほっかいりゅうおうごうじゅん》だ。

つづけて敖順《ごうじゅん》が、

「じつは、よくよくしらべてみましたところ、わたしどものところで修行中《しゅぎょうちゅう》の竜《りゅう》が一頭……。」

とそこまでいったとき、悟空《ごくう》はそれをさえぎり、

「やはりそうか、敖順《ごうじゅん》。わかった。」

といい、ぐっと腰《こし》をおとし、急降下《きゅうこうか》で下におりていった。

しばらくさがったところで、觔斗雲《きんとうん》をとめ、上を見あげると、雲の数は七つあった。

ひとつに一頭だけというわけではないから、いったい何頭の竜《りゅう》がきているのか、わからない。

そのうちのひとつの雲が、こちらにおりてくるのがわかった。

待っていると、近づいてくるのに、雲は逆《ぎゃく》にしだいに小さくなっていき、やがて觔斗雲《きんとうん》とさほどちがわない大きさになって、となりにならんだ。

見れば、東海竜王敖広《とうかいりゅうおうごうこう》が乗っている。顔だけ竜《りゅう》で、からだは人間という、いつものかっこうをしている。

敖広《ごうこう》はいった。

「いやはや、大聖様《たいせいさま》。弟どもがあんな姿《すがた》のままで、すみません。」

「すまないことはない。あれがいつものかっこうなんだろう。おまえだって、正体をあらわせば、あんなふうなのだろうが。ところで、ちょっとたずねるが、おまえたちの雲というのは、おまえたちが本来の竜《りゅう》の姿《すがた》のときは、でかいからだに合わせて大きくなり、おまえたちが人間のようなかっこうになると、雲もからだといっしょに小さくなるのか。」

「まあ、そういうことになりますね。ごぞんじのように、わたしどもは雲を呼《よ》び、その雲に乗って空を飛ぶわけです。ですから、雲の大きさはそのときどきのからだの大きさに合うようになっておるのです。しかし、まあ、わたしは、今のかっこうのほうが楽なので、たいていこのままです。」

敖広《ごうこう》はそういうと、そのあと、

「敖順《ごうじゅん》のところから逃《に》げた竜《りゅう》というのは、以前、斉天大聖様《せいてんたいせいさま》からいただいた……。」

といいかけたが、悟空《ごくう》はそれをさえぎった。

「わかってるから、いい。それより、敖順《ごうじゅん》に、おれが合図をするまで、よけいなことはしないように、念をおしておけ。」

「承知《しょうち》しております。それでは、わたしどもは上のほうで見物をさせていただくことにします。ご用のときはお呼《よ》びください。」

といって、敖広《ごうこう》は上にあがっていった。

見おろすと、芙蓉池《ふようイけ》のまわりには、人が集まりだしている。

見物人が多ければ多いほど、自分が勝ったときに、悟空《ごくう》に恥《はじ》をかかせることができると思っているのだろう。河将軍《かしょうぐん》は、自分と悟空《ごくう》との戦いを長安の町中にいいふらさせたにちがいない。

北海竜王敖順《ほっかいりゅうおうごうじゅん》のところから、一頭の竜《りゅう》がいなくなっていることだけわかれば、あとはもう、正午まで何もすることはない。

今、悟空《ごくう》がいるのは、竜《りゅう》たちの雲と地面とのちょうどあいだくらいの高さのところだろうか。

悟空《ごくう》は觔斗雲《きんとうん》をとめたまま、あおむけに横になり、両手を頭のうしろでくんだ。

もし眠《ねむ》ってしまっても、竜王《りゅうおう》たちが上から見ているのだから、気がついて、起こしにくるだろう。

そう思って、悟空《ごくう》は目をつぶった。

悟空《ごくう》の耳もとを秋風がかすめていく。

少しうとうとしただけのつもりだったが、目を開けると、太陽は中天にさしかかっている。

悟空《ごくう》は起きあがり、両手をあげて、のびをした。それから、右の人さし指を頭の緊《きん》箍《こ》のあいだにつっこみ、きちんとはまっていることを確《たし》かめた。

本物の緊箍《きんこ》なら、指など入らない。

ずっと緊箍《きんこ》を頭にはめていた天竺《てんじく》への旅では、いろいろなことがあった。その旅も終わり、今、悟空《ごくう》の頭をかざっているのはにせの緊箍《きんこ》だ。

悟空《ごくう》は小さなため息をついて、ひとりごとをいった。

「だが、まだ終わっていないやつがいるってことか。」

悟空《ごくう》は空中で、觔斗雲《きんとうん》を二度、三度と大きく、そして、ゆっくりと水平に旋回《せんかい》させた。それから、いったん觔斗雲をとめると、

「それじゃあ、終わりにするか。」

とつぶやき、耳から針《はり》ほどの如意金箍棒《にょいきんこぼう》を出し、ひとふりした。

たちまち如意金箍棒《にょいきんこぼう》がその名にふさわしい棒《ぼう》の大きさになる。

悟空《ごくう》はそれを右のこわきにかかえると、真下の芙蓉池《ふようのいけ》にむかい、ほとんど垂直《すいちょく》に空をくだっていった。

九

上空勝負

鞍《くら》や手綱《たづな》、馬具一式を用意しろ。
これから、お師匠様《ししょうさま》が、帝《みかど》のお見舞《みま》いにおでかけになる。

觔斗雲《きんとうん》に乗った孫悟空《そんごくう》が芙蓉池《ふよういけ》にむかって急降下《きゅうこうか》していく。

太陽が中天にとどいた。

河将軍《かしょうぐん》が芙蓉池《ふよういけ》の水をもとにもどしたのは、池のどこにでも身をひそめることができるようにするためだろう。だとすれば、河将軍《かしょうぐん》は水中からあらわれるにちがいない。

しかも、こんな時刻《じこく》にこんな場所で、つまり、人の集まりやすい時間に人の集まりやすい場所で戦おうというのだから、人目に派手《はで》なあらわれかたをするだろう。

それならと、見当をつけた水面にむかって、悟空《ごくう》はまっしぐらにくだっていく。

そこは芙蓉池《ふよういけ》のど真ん中。岸のどこから見ても、よく見える場所だ。

弘福寺《こうふくじ》の五層《そう》の塔《とう》の高さほどまでくだってきても、何も起こらなかった。悟空《ごくう》が、ひょっとして見当ちがいをしたかと、ふとそう思ったとき、真下の水面に小さな泡《あわ》が立った。

ひとつぶ、ふたつぶ、三つぶ……。

次の瞬間《しゅんかん》、泡《あわ》の近くの水面がふわりと波立ったかとおもうと、もう水面にとどこうかという觔斗雲《きんとうん》にむかって、何かがとびだしてきた。

偃月槍《えんげつそう》だ！

偃月槍《えんげつそう》の刃《は》が弧《こ》をえがき、悟空《ごくう》の頭におそいかかってくる。

悟空《ごくう》はそれをよけることもせず、肩《かた》にぐっと力を入れた。

ガツン！

悟空《ごくう》の頭の上で火花が飛び、鉄のかたまりが四方八方に散ったとき、悟空《ごくう》はいっきに觔斗雲を垂直《すいちょく》方向から水平方向に起こした。そして、瞬時《しゅんじ》に左手をのばし、水中につっこむと、何かをつかんだ。その何かをつかんだまま、今度はほぼ垂直《すいちょく》に急上昇《きゅうじょうしょう》する。

悟空《ごくう》がつかんだものの、それは、河将軍《かしょうぐん》の右腕《みぎうで》だった。そこにはまだ、刃《は》のなくなった偃月槍《えんげつそう》、いや、もとは偃月槍《えんげつそう》だった棒《ぼう》がにぎられている。

ぐんぐん上空にあがっていく悟空《ごくう》。その腕《うで》をつかまれている河将軍《かしょうぐん》の足もとを見れば、そこには、小さな白い雲がまとわりついている。

上を見れば、竜《りゅう》たちのいる雲まではまだ距離《きょり》がある。

悟空《ごくう》は左腕《ひだりうで》をぐるんとまわし、空中で河将軍《かしょうぐん》をほうりあげた。

くるくるとまわりながら、河将軍《かしょうぐん》が空中をあがり、ふたたび落ちてくる。足もとには白い雲がからみついている。

ようやく河将軍《かしょうぐん》が体勢《たいせい》をたてなおし、頭が上、足が下という姿勢《しせい》になったとき、河《か》将軍《しょうぐん》の落下がとまった。

悟空《ごくう》が觔斗雲《きんとうん》に乗っているのと同じように、河将軍《かしょうぐん》が小さな雲に乗っている。いや、雲に乗っているように見える。

悟空《ごくう》はこわきにかかえていた如意金箍棒《にょいきんこぼう》を両手で持つと、先を河将軍《かしょうぐん》の雲にむけ、軽くゆすった。

地上での距離《きょり》にすれば、二十歩ほどだろうか。

ぐんと如意金箍棒《にょいきんこぼう》がのびる。

如意金箍棒《にょいきんこぼう》の如意《にょい》とは、思いのままということだ。どのような長さにでもなる。ものすごいいきおいで、如意金箍棒《にょいきんこぼう》の先が河将軍《かしょうぐん》の足もとの雲の中につっこまれたとき、ぐっと手ごたえがあり、たしかに、

「グエッ！」

という音、いや、声が聞こえた。

河将軍《かしょうぐん》のからだがぐらりとゆれる。

雲の中に何かがいるのだ。河将軍《かしょうぐん》はその何かに乗っているのだ。

悟空《ごくう》は竜《りゅう》たちがいる雲にむかってさけんだ。

「敖順《ごうじゅん》。冷竜《れいりゅう》をつかまえろ！　こいつの足もとの雲の中だ！」

河将軍《かしょうぐん》の雲や觔斗雲《きんとうん》よりはるかに大きな雲が銀色の光をはなちながら、ものすごい速さでおりてくる。雲の中からは、北海竜王敖順《ほっかいりゅうおうごうじゅん》の頭や腕《うで》、そして尾《お》がかいま見える。

敖順は雲ごと河将軍《かしょうぐん》の足もとにつっこんでいき、河将軍《かしょうぐん》の足もとをかすめて、ふたたび上昇《じょうしょう》していった。

とたんに河将軍《かしょうぐん》が落下しはじめる。足もとの雲はない。

河将軍《かしょうぐん》が頭を下に、落ちていく。

悟空《ごくう》はぐっとまえのめりになり、觔斗雲《きんとうん》を急降下《きゅうこうか》させ、落ちていく河将軍《かしょうぐん》を追う。追いながら、如意金箍棒《にょいきんこぼう》をゆすって、針《はり》の大きさにすると、それを耳にしまい、その腕《うで》をぐっと下にのばして、河将軍《かしょうぐん》の足首をつかんだ。

ぐるん、ぐるん、ぐるん、ぐるるるるるうん！

悟空《ごくう》は河将軍《かしょうぐん》の足首をつかんで、河将軍《かしょうぐん》をふりまわす。何度も何度も、ものすごい速さでふりまわす。

ふりまわしているうちに、河将軍《かしょうぐん》のからだが人間から獣《けもの》にかわった。

獺《かわうそ》だ。

悟空《ごくう》は手をはなし、獺《かわうそ》をほうりあげると、上にむかってさけんだ。

「敖欽《ごうきん》。こいつをおまえが持ってきたものの中に入れておけ！」

獺《かわうそ》が空のさらに高いところにむかって飛んでいく。そこを南海竜王敖欽《なんかいりゅうおうごうきん》の雲がつつみこむ。

勝負はついた。

獺《かわうそ》が落ちてこないことをたしかめると、悟空《ごくう》はふたたび上にむかって、声をはりあげた。

「敖順《ごうじゅん》！　冷竜《れいりゅう》をつれてかえれ！　食ってはいかんぞ！　敖広《ごうこう》。その獺《かわうそ》を敖欽《ごうきん》の檻《おり》に入れたまま、東海竜宮《とうかいりゅうぐう》につれていけ！」

悟空《ごくう》はふうと息をつき、長安の町を見おろした。そして、弘福寺《こうふくじ》に觔斗雲《きんとうん》をむけると、そこにむかって、まっしぐらにおりていく。

五層《そう》の塔《とう》の五層《そう》の窓《まど》から、玄奘三蔵《げんじょうさんぞう》と沙悟浄《さごじょう》と辯機《べんき》がのぞいているのが見えた。

悟空《ごくう》が手をふると、辯機《べんき》が手をふりかえしてきた。

三蔵《さんぞう》が悟浄《ごじょう》に何かいった。悟浄《ごじょう》がうなずいた。

その窓《まど》の前で觔斗雲《きんとうん》を止めると、三蔵《さんぞう》が悟空《ごくう》にいった。

「悟空《ごくう》。芙蓉池《ふようけ》までおまえが落ちていき、そのあとまたあがっていったのはわかりましたが、いったい何がどうなったのです。河将軍《かしょうぐん》はあらわれましたか。」

「今、お話しいたしますから、そこをどいていただけますか。そこにいらしては、わたしが跳《と》びこめません。」

「おお、そうでした。」

と三蔵《さんぞう》が身をひくと、悟浄《ごじょう》と辯機《べんき》も窓辺《まどべ》からしりぞいた。

窓《まど》から中に跳《と》びこみ、すとんと床《ゆか》におりると、悟空《ごくう》はいった。

「河将軍《かしょうぐん》の正体は獺《かわうそ》でした。」

「獺《かわうそ》って……。」

といぶかしげにつぶやく三蔵《さんぞう》のとなりで、悟浄《ごじょう》がいった。

「兄者。その獺《かわうそ》、殺してしまったのか。」

「まさか。そんなことはしない。まあ、気絶《きぜつ》くらいはしているかもな。東海竜王敖広《とうかいりゅうおうごうこう》にあずけてきた。」

悟空《ごくう》がそういうと、びっくりしたような顔で辯機《べんき》がいった。

「大聖様《たいせいさま》。それでは、竜《りゅう》がどこかにきていたのですか？」

悟空《ごくう》はうなずいた。

「ああ。東西南北の竜宮《りゅうぐう》の竜王《りゅうおう》がきたし、そのほかにも、きていたやつがいたな。」

今度は悟浄《ごじょう》がたずねた。

「では、玉竜《ぎょくりゅう》もきていたかな。」

「さあ、たしかめなかったからわからんが、あるいはきていたかもしれない。」

悟空《ごくう》の答に、悟浄《ごじょう》は眉《まゆ》をよせた。

「それなら、お師匠様《ししょうさま》に挨拶《あいさつ》をしていくべきだろう。そのまま帰るとは無礼《ぶれい》ではないか。」

悟空《ごくう》は笑って答えた。

「おまえ、それは無理だろう。知っていると思うが、あいつはもう馬のかっこうはしてない。金色の竜《りゅう》だ。それが、この塔《とう》にからみついて、そこの窓《まど》からのぞきこんできて、『三蔵様《さんぞうさま》。おひさしぶりでございます。』なんていってみろ。おれたちはいいが、下で見ている人間たちは卒倒《そっとう》するぞ。」

「それはそうかもしれないが、だからといって、なにもいわずに帰ってしまうのはどんなものだろうか。やはりそれは、礼を失するのでは……。」

悟浄《ごじょう》がそこまでいったとき、どこかから馬のいななきが聞こえた。

辯機《べんき》が窓《まど》から下をのぞいて、いった。

「あ。馬です。きれいな白馬がいます。」

悟浄《ごじょう》が辯機《べんき》のうしろから外を見おろした。

「やはりきたか。近くまできていて、あいつが挨拶《あいさつ》をしないで帰るとは思えない。」

悟浄《ごじょう》がそういって、悟空《ごくう》の顔を見た。

悟空《ごくう》は辯機《べんき》にいった。

「鞍《くら》や手綱《たづな》、馬具一式を用意しろ。これから、お師匠様《ししょうさま》が、帝《みかど》のお見舞《みま》いにおでかけになる。」

「はい！」

と辯機《べんき》が階段《かいだん》をくだっていく。

悟空《ごくう》は三蔵《さんぞう》にいった。

「帝《みかど》は河将軍《かしょうぐん》に心をあやつられていたのでしょう。でも、河将軍《かしょうぐん》が正体をあらわしたとき、おそらく、妖術《ようじゅつ》がとけ、今ごろ、帝《みかど》は正気をとりもどし、自分が何をしたのかわからないでいることでしょう。お師匠様《ししょうさま》は帝《みかど》とは義兄弟《ぎきょうだい》なのですから、見舞《みま》いかたがた、挨拶《あいさつ》にいかれたらいかがですか。」

三蔵《さんぞう》が顔をほころばせた。

「おお、それはよい考えです、悟空《ごくう》。では、さっそくまいりましょう。」

「これで、あの猪豚野郎《いのぶたやろう》がいれば、天竺《てんじく》への旅のときと同じですね。」

悟空《ごくう》がそういうと、

「たしかにそうですね。」

と三蔵《さんぞう》は小さくうなずき、いくらか残念そうな顔をした。

そのとき、外から聞きおぼえのある声がした。

「なんだ、玉竜《ぎょくりゅう》。もう終わっただと？　いつ？　えっ、今さっき？　なんだよ、それ。おまえが見にこいっていうから、風に乗ってきたのに、もう終わったはないだろう。くそっ。こんなことなら、桃《もも》なんかつんでくるんじゃなかったぜ。兄貴《あにき》が好きだから、持ってきてやったのによ。とっととくりゃあよかった。」

悟浄《ごじょう》が窓《まど》から下をのぞき、顔をひっこめてからいった。

「お師匠様《ししょうさま》。八戒《はっかい》です。なんだか、いなかのお大尽様《だいじんさま》といういでたちで、大きな袋《ふくろ》を背負《せお》っており、九歯《きゅうし》の鈀《は》は持っておりません。」

三蔵《さんぞう》が窓《まど》から顔を出したところで、悟空《ごくう》が悟浄《ごじょう》にいった。

「あいつはこのごろ、いつもそうさ。それより、八戒《はっかい》がそろったところで、出かけようぜ。辯機《べんき》もつれていくとなると、荷物持ちは辯機《べんき》だな。荷物といったって、八戒《はっかい》が持ってきた桃《もも》くらいのものだろう。ふたつ、三つ、ここの帝《みかど》に持っていってやろう。そんなに重くはないさ。」

「あのときよりは、だいぶ距離《きょり》が近いな。」

そういった悟浄《ごじょう》に、悟空《ごくう》が、

「天竺《てんじく》への旅だって、終わってしまえば、そんなに遠い旅じゃあなかったぜ。」

といいかえすと、悟浄《ごじょう》は西の窓《まど》から外を見て、

「たしかに……。」

とうなずいたのだった。

十

解放《かいほう》

すまないが、敖広《ごうこう》。ひとつたのみがある。

「ああ、おまえのところの茶はどうして、こんなにうまいのかな。」

東海竜王敖広《とうかいりゅうおうごうこう》の竜宮《りゅうぐう》、東海竜宮《とうかいりゅうぐう》の広間のまるいいすにすわり、孫悟空《そんごくう》はそういって、茶碗《ちゃわん》の中をのぞきこんだ。そして、

「なんか、薬でも入れてるんじゃないか。」

といい、小さな机《つくえ》ごしに、まえのいすに腰《こし》かけている敖広《ごうこう》の顔を見た。

「薬など入れておりませんよ。」

悟空《ごくう》は中庭に目をやり、唐突《とうとつ》にたずねた。

「それで、あいつ、何かいったか。」

敖広《ごうこう》は首をふった。

「何もいいません。弟の北海竜王《ほっかいりゅうおう》のところから、冷竜《れいりゅう》をぬけださせたのですから、虎力大仙《こりきだいせん》の身内か何かでしょうが、何もしゃべりません。」

悟空《ごくう》はからになった茶碗《ちゃわん》を机《つくえ》の上において、いった。

「敖欽《ごうきん》が作った竜宮金《りゅうぐうきん》の檻《おり》に、おとなしく入っているのか。」

「はい。あばれたって、竜宮金《りゅうぐうきん》の檻《おり》からは、そうやすやすとは逃《に》げられませんしね。ですが、大聖様《たいせいさま》。芙蓉池《ふよういけ》の水を干《ほ》したのが、どうしてあの冷竜《れいりゅう》だとわかったのです。」

そういいながら、敖広《ごうこう》は机《つくえ》の上の急須《きゅうす》を手にとり、悟空《ごくう》の茶碗《ちゃわん》に茶をそそいだ。

悟空《ごくう》はいった。

「とつぜん池の水がなくなるということは、どこかに流れていったのか、そうでなければ、だれかが水を飲むなりし、体内で気にかえて、それを天にはなってしまったからにちがいない、と、まあ、まず、そう思ったのだ。芙蓉地《ふよういけ》の水がどこかに流れていったようすはないから、あとは、水を気にかえたやつがいることになる。水を気にかえて、消してしまったり、天にある水の気を雨にかえてふらせるなどということができるのは竜《りゅう》しかいない。だから、芙蓉池《ふよういけ》の水をからしたのは竜《りゅう》にちがいないと思ったのだ。ところが、最初、おまえのところできいたら、東西南北、どこの竜宮《りゅうぐう》にも、そんなやつはいないということだった。」

そこまでいって、悟空《ごくう》が机《つくえ》の上の茶碗《ちゃわん》を手にとり、茶をひと口飲むと、敖広《ごうこう》は、

「いや、あのとき、きちんとしらべていれば、北海竜宮《ほっかいりゅうぐう》から冷竜《れいりゅう》がいなくなっていることがわかったはずです。いやはや、まことにもって、もうしわけないと、わたしも思っておりますし、弟も……。」

といったが、それを悟空《ごくう》はさえぎって、いった。

「もう、それはいい。次からはもっと用心して、冷竜《れいりゅう》を一人前《いちにんまえ》の竜《りゅう》に育ててあげろと、敖順《ごうじゅん》にいっておけ。」

悟空《ごくう》は茶碗《ちゃわん》を机《つくえ》にもどし、言葉をつづけた。

「あんな犬ほどの大きさの竜《りゅう》なら、いなくなっても、なかなかわからないさ。とにかく、芙蓉池《ふよういけ》の水をなくしたのは竜《りゅう》で、しかも、まだ芙蓉池《ふよういけ》か、都の近くの池にでもひそんでいるとしたら、小さな竜《りゅう》だ。それに、悟浄《ごじょう》がしらべたら、芙蓉池《ふよういけ》の水底《みなそこ》に、凍《こお》っているところがあるというじゃないか。竜《りゅう》は煮《に》えたぎる水や油を冷たくしたり、その逆《ぎゃく》に、冷たい水や油を煮《に》えたぎらせたりすることができる。そうだろ、敖広《ごうこう》。」

悟空《ごくう》がそういうと、敖広《ごうこう》はうなずいて、まだ半分茶がのこっている悟空《ごくう》の茶碗《ちゃわん》に、

急須《きゅうす》から茶をそそいだ。

「じつはね、大聖様《たいせいさま》。ここで飲んでいただく茶は、いつでも同じ温度なのです。熱すぎることもないし、ぬるいこともありません。机《つくえ》の上の茶碗《ちゃわん》の茶は、そこにほうっておいても、わたしがそばにいるかぎり、冷めることはありません。それも、ここの茶のうまさの仕掛《しか》けのひとつです。まあ、それだけではありませんが。水や油の温度をかえるくらい、竜王《りゅうおう》にならなくても、ふつうの竜《りゅう》でもできます。大聖様《たいせいさま》のおっしゃるとおりです。」

「まあ、それで、おれは水をからせたのは竜《りゅう》で、しかも、小さいやつだと確信《かくしん》した。だから、ここにきて、おまえに、北海竜王《ほっかいりゅうおう》のところにきいてきてくれといったのだ。そのときには、万のうち九千九百九十九まで、あいつのところにいる冷竜《れいりゅう》のしわざと思っていた。冷竜《れいりゅう》を作ったのは、虎力大仙《こりきだいせん》だ。おまえだって見ていて、まだ忘《わす》れてはいまいが、天竺《てんじく》への旅のとちゅう、車遅国《しゃちこく》で、虎力大仙《こりきだいせん》、鹿力大仙《ろくりきだいせん》、羊力大仙《ようりきだいせん》という三人の道士と技《わざ》くらべのようなものをすることになって、結局、おれが三人とも殺してしまったことがあった。三人の正体は、虎《とら》、鹿《しか》、羊だった。天竺《てんじく》への旅じゃあ、いろいろなことがあったが、あのときのことは、あまりいい思い出じゃない。おそらく、あの三人はおれと戦ってもかてないことがわかっていたと思う。だが、戦わなければ、なんというか、体面がたもてないというか、つまり、誇《ほこ》りの問題で、おれがあいつらの誇《ほこ》りを傷《きず》つけたから、あいつらは、負けるとわかっていても、おれと戦わないわけにはいかなくなったのだ。もとはといえば、おれのいたずらが原因《げんいん》で、おれとしちゃあ、ほんのお遊びのつもりだったが、やはり、やっていいいたずらと、やっちゃいけないいたずらがあるんだ。おれは、あのとき、しみじみ思った。」

そこで悟空《ごくう》が口をつぐむと、敖広《ごうこう》もだまったまま、机《つくえ》に目をおとした。

やがて、悟空《ごくう》はふたたび口を開いた。

「それで、もし、あの三人の道士に身内なり、弟子《でし》なりがいたとして、おれとの戦いのことを知ったら、どう思うかな。たとえば、立場をかえて、八戒《はっかい》や悟浄《ごじょう》があの三人のような死に方をしたら、おれはどうするだろうか。そいつがどこにかくれていようが、かならず見つけて、たたき殺すにきまっている。あの三人は車遅国《しゃちこく》の王のまえで、おれに恥《はじ》をかかされて、死んでいった。だったら、おれに復讐《ふくしゅう》するなら、この長安はちょうどいい。帝《みかど》もいるし、人間も多い。みなのまえでおれに恥《はじ》をかかせ、おれを殺したいと思うだろう。それで、人間に化けて、帝《みかど》にとりいり、派手《はで》に人を集めておいて、おれと戦おうとしたのだ。おれに勝てば、つぎに八戒《はっかい》と悟浄《ごじょう》だ。おれに勝てるようなやつに、八戒《はっかい》や悟浄《ごじょう》がかなうわけがない。だが、おれがたおされれば、八戒《はっかい》も悟《ご》浄《じょう》も、そいつにいどみかかるだろう。」

悟空《ごくう》はそこまでいって、また茶碗《ちゃわん》を手にとった。そして、ひと口茶を飲んでから、いくらか首をかしげ、

「いや、悟浄《ごじょう》はともかく、八戒《はっかい》はわからんな。」

とつぶやいてから、茶碗《ちゃわん》を机《つくえ》にもどした。そして、いった。

「むろん、おれに恥《はじ》をかかせて、殺すのが、いちばんよかったのだろう。だが、あの獺《かわうそ》は自分が負けてもいいと思ったのだろうな。師匠《ししょう》だか、身内だかはわからないが、それを殺したやつをつきとめて、どこにどうしているかわかったとき、できるだけ早く、復讐《ふくしゅう》をしようと思ったのだ。首尾《しゅび》不首尾《ふしゅび》は二の次だ。いや、ほとんど勝つ見込《みこ》みがなくても、戦わねばならないと思ったのだろう。」

敖広《ごうこう》が顔をあげて、いった。

「ですが、すぐに戦いをいどまず、修行《しゅぎょう》をつんで、もっと強くなってからにしてもよかったでしょう。あんな、ほとんど一瞬《いっしゅん》で勝負がついてしまうようじゃあねえ。」

悟空《ごくう》は小さく首をふって、いった。

「なあ、敖広《ごうこう》。おれは斉天大聖孫悟空《せいてんたいせいそんごくう》だ。あの天竺《てんじく》のおやじを別にすれば、おれはだれよりも強い。おれに勝つために修行《しゅぎょう》をするとしたら、何億年もかかるどころか、それでも無理だ。まあ、何億年でなくても、何十年でもいい。そのあいだ、おれに戦いをいどまないのは、自分が殺されるのがいやだからではないか、と、毎日自問自答しなければならないし、結局、いつまで修行《しゅぎょう》したって、おれに勝つのが無理なら、今すぐに、ということになるだろうよ。」

「なるほどねえ……。」

と敖広《ごうこう》がうなるようにいったところで、悟空《ごくう》は席を立った。

「じゃあ、ちょっとそいつに会ってみるから、案内しろ。」

「では。」

と敖広《ごうこう》は立って、広間から、中庭をぬけるわたり廊下《ろうか》を通り、悟空《ごくう》を奥《おく》の庵《いおり》に案内した。とびらと窓《まど》はあけはなたれており、廊下《ろうか》からでも、そこに金色の檻《おり》がおかれていることがわかった。

悟空《ごくう》と敖広《ごうこう》が庵《いおり》に入ると、檻《おり》の中で獺《かわうそ》が一匹《ぴき》、うずくまっていた。

悟空《ごくう》は檻《おり》に近より、

「おい。」

と声をかけた。

獺《かわうそ》はぴくりともうごかない。

「おい。狸《たぬき》ではないのだ。寝《ね》たふりはするな。」

もう一度声をかけても、獺《かわうそ》はうごかない。

「おい、獺力大仙《だつりきだいせん》！」

悟空《ごくう》がそういうと、ようやく獺《かわうそ》は頭をあげ、顔をこちらにむけた。

悟空《ごくう》はいった。

「どうして、おれがおまえの名を知っているのだろうと思ったのか。車遅国《しゃちこく》で死んだ虎力大仙《こりきだいせん》にかかわりがあって、見たとおりの獺《かわうそ》なら、きっと獺力大仙《だつりきだいせん》という名だろうと、見当をつけただけさ。」

獺《かわうそ》はじっと悟空《ごくう》の目をにらみつけていたが、やがて、牙《きば》をむきだし、ひとこと、

「早く殺せ！」

といった。

「おまえがそういうなら、殺してやってもいい。だが、おまえはほんとうにそれでいいのか。」

悟空《ごくう》がそういうと、獺《かわうそ》は答えた。

「かまわぬ。」

「ああ、そうか。もし、おれがおまえなら、そんなふうに、死にたがったりはしない。おまえ、まだ、生きて、しなければならないことがあるだろう。」

「ない。」

と獺《かわうそ》がいいきった。

悟空《ごくう》もいいきる。

「いや、ある。」

「ない。おまえを討《う》ちそこなった今、もはや、なすことは何もない。」

「いや、ある。」

「ないといったら、ない。」

「いや、かならずある。」

「いったい、何があるというのだ。」

そういって、にらみつけてくる獺《かわうそ》をにらみかえして、いった。

「おまえ、おれを討《う》たないで、よく死ねるな。」

獺《かわうそ》がだまりこんだ。

悟空《ごくう》はいった。

「せめて、あの冷竜《れいりゅう》がもっと大きくなって、ここの竜王《りゅうおう》くらいになるまで待ち、そのあいだに、おまえはおまえで修行《しゅぎょう》をつんで、なんとかおれを討《う》ちはたさないで、どうしておまえの意地が立つのだ。ここは、卑屈《ひくつ》に命ごいをしてでも、なんとか逃《のが》れ、他日を期すのがおまえのつとめではないか。」

悟空《ごくう》がだまると、獺《かわうそ》はしばらく悟空《ごくう》の目をにらみつづけていたが、やがて目をそらした。

悟空《ごくう》はいった。

「おまえがひとつだけ、いや、ひとつではない。ふたつだ。ふたつ約束をすれば、おれはおまえをここから逃《に》がしてやる。」

「えーっ！」

と声をあげたのは、獺《かわうそ》ではない。悟空《ごくう》のうしろにいた敖広《ごうこう》だ。

それにはかまわず、悟空《ごくう》は獺《かわうそ》にいった。

「おれは、虎力大仙《こりきだいせん》、鹿力大仙《ろくりきだいせん》、羊力大仙《ようりきだいせん》と、強い順に討《う》ちはたした。だから、おまえは、まず、八戒《はっかい》や悟浄《ごじょう》に手を出さず、ふたりよりもさきにまずおれと戦うこと。それからもうひとつは、おれと戦うなら、いつおれをおそってもいいが、人質《ひとじち》をとるような卑劣《ひれつ》なまねはよせ。それは、虎力大仙《こりきだいせん》たちの名誉《めいよ》にもかかわるぞ。おれに勝てると自信がついたら、正々堂々《せいせいどうどう》と戦いをいどんでこい。あの冷竜《れいりゅう》もつれてこい。それまでは、冷竜《れいりゅう》は北海竜宮《ほっかいりゅうぐう》で修行《しゅぎょう》をさせておく。だが、次に戦うとき、もしおまえが負ければ、そのときには、おまえの命はない。むろん、冷竜《れいりゅう》の命もだ。命がけでこいよ。」

檻《おり》の中で、獺《かわうそ》が立ちあがった。

悟空《ごくう》はいった。

「逃《に》げる気になったか?」

獺《かわうそ》がうなずいた。

悟空《ごくう》はさらにいった。

「ふたつの約束は守れるな?」

ふたたび獺《かわうそ》がうなずいた。

悟空《ごくう》は敖広《ごうこう》にいった。

「檻《おり》をあけてやってくれ。」

「大聖様《たいせいさま》がそうおっしゃるなら……。」

といい、敖広《ごうこう》は口の中で何やら呪文《じゅもん》のようなものをとなえた。

カチャリと音がして、檻《おり》の一面がはずれ、床《ゆか》にたおれた。

獺《かわうそ》はゆっくり出てくると、庵《いおり》からわたり廊下《ろうか》に出た。そして、そのまま、悟空《ごくう》がきたほうにむかって、あるいていった。

とちゅう、わたり廊下《ろうか》のかどで、獺《かわうそ》は一度、悟空《ごくう》のほうをふりむいた。だが、すぐにまた歩きだし、広間のほうに消えていった。

敖広《ごうこう》がはっと気づいたように、大声を出した。

「衛兵《えいへい》！　衛兵《えいへい》！　獺《かわうそ》が竜宮《りゅうぐう》から出るのをじゃましてはならぬぞーっ！」

悟空《ごくう》は敖広《ごうこう》にいった。

「すまないが、敖広《ごうこう》。ひとつたのみがある。」

「なんでございましょう。」

と大まじめな顔でたずねた敖広《ごうこう》に、悟空《ごくう》はいった。

「茶をもういっぱい、もらいたい。」

なあんだ、そんなことかというように、敖広《ごうこう》が笑った。

中庭で白いさんごがゆれた。

第二譚《たん》 悟《ご》浄《じょう》召《しょう》還《かん》

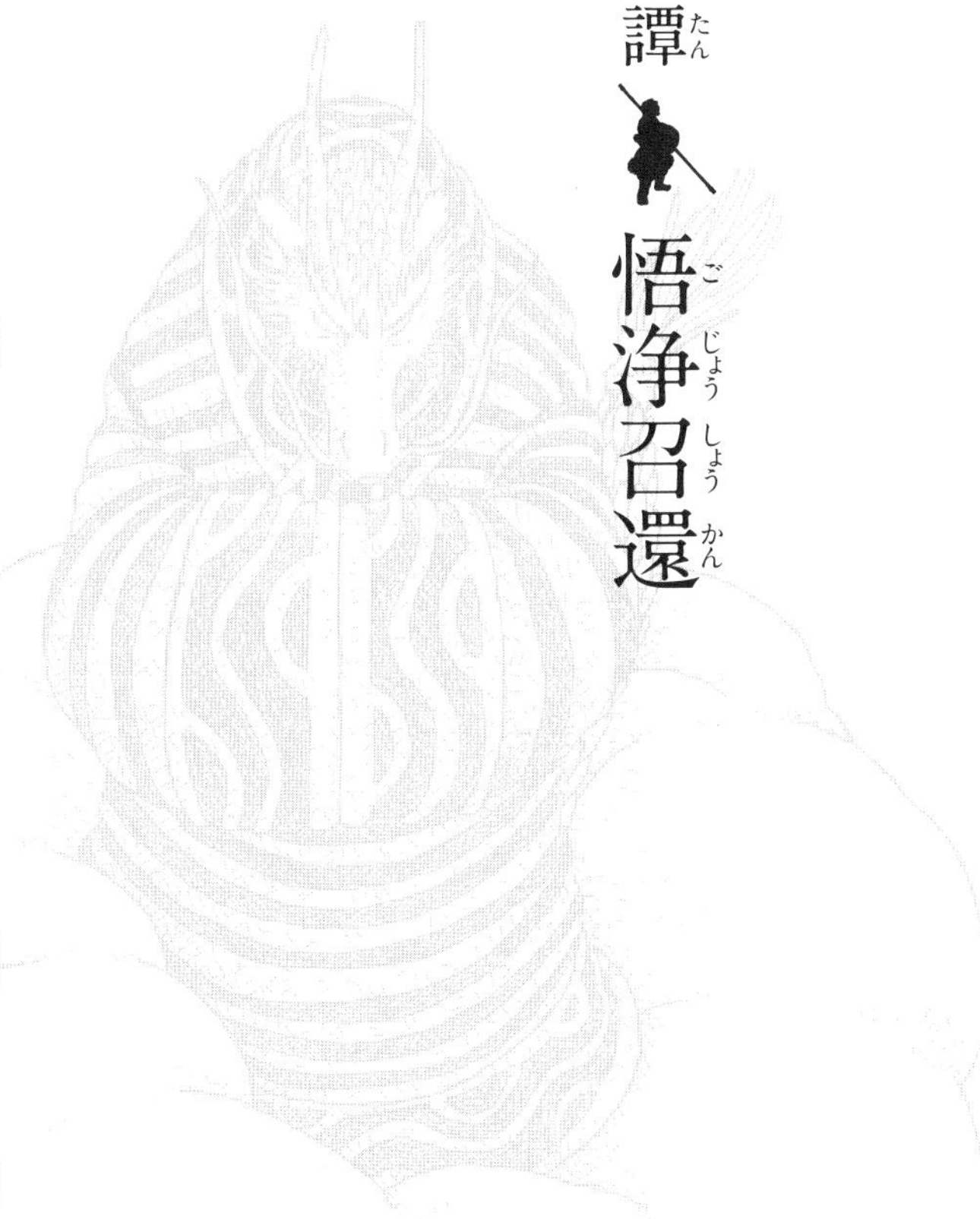

序《じょ》

詔《みことのり》はただの手紙ではない。ひとたび詔《みことのり》が出されれば、天界の者は絶対《ぜったい》にしたがわねばならない。

冷たい冬の風が花果山《かかざん》の頂《いただき》をかすめていく。

水簾洞《すいれんどう》の猿《さる》たちは、門の見張《みは》りのほかは、みな、まだ眠《ねむ》っている。その見張《みは》りの猿《さる》に、

「ちょっと散歩にいってくる。」

といって、孫悟空《そんごくう》は出てきた。

べつに行くあてはない。なんとなく外の空気をすいたくなっただけだ。

花果山《かかざん》の頂上《ちょうじょう》から東を見ると、空がうっすらと紫色《むらさきいろ》になっている。

まもなく日がのぼる。

紫色《むらさきいろ》が橙色《だいだいいろ》にかわり、太陽がほんの少し顔を出しかけたとき、その橙色《だいだいいろ》の中に小さな黒い点が見えた。日の出の光を背《せ》にしているので、黒く見えるが、悟空《ごくう》にはそれが雲だということがわかった。

だれかくるようだ。こんな朝早くにくるとは、ひょっとして何か悪い知らせだろうか。まさか、お師匠様《ししょうさま》に……。

一瞬《いっしゅん》悟空《ごくう》はそう思ったが、もし、玄奘三蔵《げんじょうさんぞう》に何かあれば、沙悟浄《さごじょう》がくるだろう。だが、やってきたのは天界の四天王のひとり、広目天王《こうもくてんのう》だった。

悟空《ごくう》のすぐそばで、ひょいと雲からおりると、広目天王《こうもくてんのう》はまずいった。

「大聖《たいせい》。このあいだは、竜《りゅう》のことで、迷惑《めいわく》をかけたようだな。」

竜《りゅう》は広目天王《こうもくてんのう》の眷族《けんぞく》で、すべての竜《りゅう》は広目天王《こうもくてんのう》の家来のようなものなのだ。

「迷惑《めいわく》などかけられていない。もとはといえば、おれの身から出た錆《さび》さ。」

悟空《ごくう》がそういうと、広目天王《こうもくてんのう》は、

「おまえ自身の口から、身から出た錆《さび》などという言葉を聞くとは思わなかった。ずいぶん謙虚《けんきょ》になったな。やはり……。」

といいかけたが、そこで言葉をとめた。

悟空《ごくう》は横目で広目天王《こうもくてんのう》の顔を見ていった。

「まさか、おまえ。やはりのあと、闘戦勝仏《とうせんしょうぶつ》という来世名《らいせめい》をもらうと、ちがってくるとかなんとか、そんなことをいおうとしたんじゃないだろうな。」

「え？　いや、そんなことはない。」

あわてて首をふったところを見ると、やはりそうなのだと、悟空《ごくう》は思った。

天界の四天王のうち、どういうわけか悟空《ごくう》は広目天王《こうもくてんのう》とは気が合う。いわば、おれおまえの仲なのだ。

「うそをつけ。」

悟空《ごくう》がそういうと、広目天王《こうもくてんのう》は、

「そんなことより、もっとだいじな話があるのだ。でなければ、こんな朝早くからこない。」

といった。

「もっとだいじな話とはなんだ？　とうとう天の玉帝《ぎょくてい》が死んだか？　葬式《そうしき》をするから、こいとか？」

「おまえ、そういう冗談《じょうだん》はよせ。まあ、その玉帝陛下《ぎょくていへいか》だが、ちょっとまえから、沙悟《さご》浄《じょう》を天界に呼《よ》びもどせとのおおせなのだ。」

「そういえば、いつだったか、悟浄《ごじょう》がそんなことをいっていたな。太白金星《たいはくきんせい》のじいさんがきて、捲簾大将《けんれんたいしょう》にもどしてやるから、天界にもどってこいとか、そういうことだったような気がする。」

「そうだ。そのことだ。帝《みかど》は何度か太白金星殿《たいはくきんせいどの》を長安に派遣《はけん》され、天竺《てんじく》への旅は終わり、罪《つみ》は許《ゆる》されたのだから、天界にもどり、官職《かんしょく》に復帰《ふっき》するようにとつたえさせたのだ。」

「だが、悟浄《ごじょう》が帰りたがらず、そのことで、玉帝《ぎょくてい》の野郎《やろう》がぐちゃぐちゃいいだしたってことか。」

「ぐちゃぐちゃって、おまえ、そういういいかたは……。」

と広目天王がいうと、悟空《ごくう》は、

「いいかたなんか、どうでもいいだろ。ようするに、そういうことだろうが。」

といって、あごの下を指でかいた。

「まあ、そうだ。それで、これまでは、太白金星《たいはくきんせい》に口でつたえさせるだけだったのだが、このたび、詔《みことのり》を出されることになった。」

「口でいっても、帰ってこないから、手紙でも出そうってわけか。」

「詔《みことのり》はただの手紙ではない。ひとたび詔《みことのり》が出されれば、天界の者は絶対《ぜったい》にしたがわねばならない。」

「それで、したがわないと、どうなる?」

「逆賊《ぎゃくぞく》ということになり、討伐《とうばつ》される。」

討伐《とうばつ》とはおだやかじゃないな。」

「だから、こうして、おまえに知らせにきたのだ。」

広目天王《こうもくてんのう》はそういうと、まだそこにあった雲にひょいと跳《と》びのった。

「そういうことだからな。」

広目天王《こうもくてんのう》が飛びたとうとしたところで、悟空《ごくう》は呼《よ》びとめた。

「まて、広目天王《こうもくてんのう》。ともかく、知らせてくれて、ありがとう。」

「おまえに礼をいわれると、気持ちが悪いな。」

「それで、討伐《とうばつ》というと、どういうことになるのだ。」

「あくまで沙悟浄《さごじょう》が詔《みことのり》にしたがわないなら、天の軍勢《ぐんぜい》が長安に押《お》しよせ、弘福寺《こうふくじ》をとりかこむことになるかもしれない。だから、そうならないように、おまえが沙悟浄《さごじょう》に、天界に帰るようにいってくれ。おまえのいうことなら、沙悟浄《さごじょう》もいうことをきくだろう。」

「わかったよ。じゃあ、まあ。天界に帰るように、いうだけはいう。だが、あいつ、すなおに帰るかなあ。」

「それは、おまえしだいだ。それじゃあ、大聖《たいせい》。いずれまた。」

そういって、広目天王《こうもくてんのう》は帰っていってしまった。

一

寺庭談義《じていだんぎ》

寺男のようなことだけをしているわけではない。
お師匠様《ししょうさま》のお世話をしたり、また、経《きょう》など読み、学んでもいる。

弘福寺《こうふくじ》の庭のすみで、孫悟空《そんごくう》は觔斗雲《きんとうん》から跳《と》びおりた。

だれも見ていなかったかどうか、あたりを見まわし、人がいないことを確《たし》かめると、からだをひとゆすりした。

以前、悟空《ごくう》が事件《じけん》をかたづけてやった商人の曹堅《そうけん》に化けると、悟空《ごくう》はゆっくりと歩きだした。

ちょうど勤行《ごんぎょう》の時間で、庭にはだれもいない。

しばらく庭を散歩していると、五層《そう》の塔《とう》から辯機《べんき》が僧《そう》をふたりしたがえて出てきた。山門のほうへいこうとしている。だが、曹堅《そうけん》の姿《すがた》に気づいたようで、そこにふたりの僧《そう》を待たせておいて、こちらにやってきた。

「これは曹堅様《そうけんさま》。きょうはおひとりですか。」

悟空《ごくう》のそばまでくると、辯機《べんき》は両手を合わせ、軽く頭をさげてから、そういった。

「少しばかり金身羅漢様《こんしんらかんさま》、いや、沙悟浄様《さごじょうさま》に相談があってまいりましたのですが、おいそがしいようでしたら、また……。」

悟空《ごくう》がそこまでいうと、辯機《べんき》は、

「いえ。ただいま、おつれします。」

といって、五層の塔《そうのとう》のほうに走っていき、中に入った。そして、しばらくすると、沙《さ》悟浄《ごじょう》といっしょに出てきた。

悟浄《ごじょう》がこちらを見て何かいうと、辯機《べんき》は合掌《がっしょう》して頭をさげ、ふたりの僧《そう》をつれて、門から出ていった。

悟浄《ごじょう》は悟空《ごくう》の近くにきて、合掌《がっしょう》と会釈《えしゃく》のあと、

「曹堅様《そうけんさま》。お話がございましたら、お使いをくだされば、こちらからまいりましたものを。」

といった。

「そりゃあ、まあ、この寺に寄付《きふ》している金のことを考えれば、そういうことになる

よな。」

悟空《ごくう》がそういうと、悟浄《ごじょう》は驚《おどろ》いたように目を見ひらいたが、すぐに声で、目のまえにいるのが商人の曹堅《そうけん》ではなく、兄弟子《でし》の悟空《ごくう》だと気づいたのだろう。

「兄者か？」

といって、あたりを見まわした。

「どうしたのだ、兄者。曹堅殿《そうけんどの》などに化けて？」

「だって、おまえ。おれがおれのままでやってきたら、すぐおれだってわかってしまうだろ。それじゃあ、まずいと思ってな。おまえにききたいことがあるんだ。それで、やってきたんだが、お師匠様《ししょうさま》の耳に入れるのはちょっとな。」

悟空《ごくう》がそういうと、悟浄《ごじょう》は、

「なんだ、八戒兄者《はっかいあにじゃ》のところで、何かあったのか？」

と眉《まゆ》をよせた。

「八戒《はっかい》か。さあ、今ごろは春にむけて、いろいろ百姓《ひゃくしょう》仕事のしたくがあるんじゃないか。何かあったのは、八戒《はっかい》のところじゃない。おまえのところだ。」

「おれの？」

といってから、悟浄《ごじょう》はため息をついた。

「ああ、天界からの迎《むか》えのことか。」

「そうだ。けさがた、広目天王《こうもくてんのう》が花果山《かかざん》にきて、天界に帰るように、おまえにいってくれって、そういって帰った。」

悟浄《ごじょう》は悟空《ごくう》より背《せ》が高い。しかも、いつもすっと背《せ》をのばしているので、悟空《ごくう》を上から見おろすようなかっこうになる。

悟浄《ごじょう》はちらりと悟空《ごくう》を見て、目をそらせた。そして、大きくを息をすい、ふうっとそれをはきだしてから、いった。

「兄者。おれはまだ帰りたくないのだ。」

「そういうだろうと思ったぜ。じつをいうと、おれだって、おまえがここにいてくれたほうが安心だ。お師匠様《ししょうさま》に何かあったとき、辯機《べんき》じゃあ、おれに知らせにきたくても、これないからな。だが、おまえだって、いつまでもここで、寺男みたいなことをやっているわけにはいくまいよ。」

悟空《ごくう》がそういうと、悟浄《ごじょう》はむきになって、いった。

「寺男のようなことだけをしているわけではない。お師匠様《ししょうさま》のお世話をしたり、また、経《きょう》など読み、学んでもいる。」

「お師匠様《ししょうさま》の世話は辯機《べんき》にだってできる。それによ。万一、お師匠様《ししょうさま》に何かあったら、観音《かんのん》の野郎《やろう》がおれに知らせるだろうさ。自分でこなくたって、ほら、あの腰巾着《こしぎんちゃく》の恵岸行者《がんぎょうじゃ》かだれかをよこすだろう。それに、おまえ。経《きょう》など読んで、学ぶことがあるなんていうが、それは天界にもどっても、できなくはあるまいよ。」

「それはそうなのだが……。」

といって、だまりこんでしまった悟浄《ごじょう》に、悟空《ごくう》はいった。

「ここにいたいからだけじゃなく、おまえは天界になんか帰りたくないっていうか、住みたくないんじゃないか。」

「え？」

と悟浄《ごじょう》は悟空《ごくう》の顔を見たが、すぐに目をそらせた。

悟空《ごくう》は、

「やっぱりな。」

といい、そのあと、

「そりゃあ、そうだよなあ。」

といって、天を見あげた。

悟浄《ごじょう》が玄奘三蔵《げんじょうさんぞう》のともをして、天竺《てんじく》にいくことになったのは、そのまえに、悟浄《ごじょう》がまだ天界で捲簾大将《けんれんたいしょう》をしていたとき、蟠桃勝会《ばんとうしょうえ》のおり、玻璃《はり》の杯《さかずき》をあやまって落としてしまい、その罪《つみ》で死罪《しざい》になるところを赤脚大仙《せききゃくだいせん》のとりなしで、死一等を減《げん》じられて、地上の流沙河《りゅうさが》に追放されたということがそもそものはじまりだ。

悟空《ごくう》はいった。

「だいたい蟠桃勝会《ばんとうしょうえ》なんていうのは、玉帝《ぎょくてい》の母親が、ばばあになって、することがないから、ひまつぶしに、天界の瑤池《ようち》にみんなを呼《よ》びつけて、大さわぎをする桃食《ももぐ》い宴会《えんかい》だ。そんなどんちゃんさわぎの最中じゃ、玻璃《はり》の杯《さかずき》だろうが、天竺《てんじく》の皿だろうが、そんなもののひとつやふたつ、なんかのはずみで落としたり、ふんずけたりして、がっちゃん、ばっきん、こわれるっていうのがあたりまえ。こわされていけないものならば、宝物殿《ほうもつでん》にでもしまいこみ、出してこなけりゃいいだけだ。それを見せびらかしたい一心で、そこらにならべておいて、だれかがわったの、こわしたのと、大さわぎするのも、おこがましい。あげくのはてには、こわしたやつを死罪《しざい》にしようとは、いったい、あのばばあは何様なんだ。天界の玉帝《ぎょくてい》ってのは誰様《だれさま》なんだ。くそいまいましい親子だぜ。」

いっきにそういったあと、悟空《ごくう》はつぶやくようにいった。

「悟浄《ごじょう》じゃなくたって、だれだって、そんな国には住みたくはないね。」

悟浄《ごじょう》がだまっているので、悟空《ごくう》は、

「なあ、そうだろ、悟浄《ごじょう》。」

といったが、やはり悟浄《ごじょう》はだまったままだ。

しかし、だまっているのは、悟空《ごくう》のいったとおりだということの何よりの証拠《しょうこ》だろう。

今まで勤行《ごんぎょう》で、木でこしらえた仏像《ぶつぞう》をおがんでいたのだろう。近くの堂から僧《そう》が三人出てきて、悟空《ごくう》と悟浄《ごじょう》のまえをとおった。三人とも、悟浄《ごじょう》のまえでいったん立ちどまり、合掌《がっしょう》していった。その合掌《がっしょう》は、悟浄《ごじょう》が捲簾大将《けんれんたいしょう》だからではない。三蔵《さんぞう》の高弟だからだ。

三人がいってしまうと、ようやく悟浄《ごじょう》が口を開いた。

「詔《みことのり》が出るまでは、ここにいる。」

悟空《ごくう》は三人の僧《そう》が去っていったほうに目をやったまま、たずねた。

「詔《みことのり》が出たら？」

「しかたがない。詔《みことのり》にはさからえない。」

「天界に帰るのか。」

「帰る。」

「そうか。そうだよなあ。」

といってから、悟空《ごくう》はさっきとは逆《ぎゃく》のことをいった。

「だが、万一、お師匠様《ししょうさま》に何かあったとして、それが観音《かんのん》の野郎《やろう》にわかるのが遅《おく》れ、だれもお師匠様《ししょうさま》を守るやつがいないなんてことだって、あるかもしれないしなあ。このあいだみたいに、辯機《べんき》がつかまってしまい、それでもし、おまえがお師匠様《ししょうさま》のそばにいなかったら、どうなるのかな。」

「そんなことといっても、どうしようもないではないか、兄者。」

悟浄《ごじょう》はそういってから、いかにもうらやましそうにあとをつづけた。

「八戒兄者《はっかいあにじゃ》はいい。天竺《てんじく》への旅のあいだ、観音菩薩様《かんのんぼさつさま》が兄者の嫁《よめ》が年をとるのをおとめになったというではないか。それはとりもなおさず、嫁《よめ》が天寿《てんじゅ》をまっとうするまでそばにいよという菩薩様《ぼさつさま》のお慈悲《じひ》であるから、そのお慈悲《じひ》を無にするようなことは、たとえ玉帝《ぎょくてい》でもおできにならないからな。」

「そうだ。八戒《はっかい》は翠蘭《すいらん》が死ぬまで、高老荘《こうろうそう》でお大尽暮《だいじんぐ》らしさ。おかげで、こっちはときどきうまい桃《もも》が食える。」

「それに、悟空兄者《ごくうあにじゃ》もいい。兄者には、玉帝陛下《ぎょくていへいか》も迎《むか》えをよこさないだろう。」

「そりゃあそうだ。おれは玉帝《ぎょくてい》にきらわれているからな。おまえ、このさい、詔《みことのり》なんか無視《むし》して、この寺にずっといたらどうだ。」

「そんなことをしたら、いずれは、天将《てんしょう》たちがつかまえにくる。」

「天将《てんしょう》っていったって、どうせ四天王《してんのう》とか、そのあたりのやつらだろ。おれが追いはらってやるよ。」

「そうはいっても、四天王《してんのう》のうちの広目天王殿《こうもくてんのうどの》は兄者と仲がいいではないか。」

「じゃあ、広目天王《こうもくてんのう》だけは手かげんしよう。」

「それで、あとの三人は力づくで追いかえしても、次から次へといろいろな天将《てんしょう》がやってくる。そのうち兄者だって、疲《つか》れてきて、いつかは負けるかもしれぬではないか。じっさい、昔、そういうことがあっただろう。」

たしかにあった。悟空《ごくう》は天界の軍勢《ぐんぜい》に立ちむかい、ほとほとくたびれはてたところで、二郎真君《じろうしんくん》にとらえられてしまったのだ。

悟空《ごくう》はいった。

「いや、あのときは不覚をとった。だが、次はだいじょうぶだ。それに、おまえは来《らい》世《せ》、金身羅漢《こんしんらかん》になることにきまっているんだ。そうきめたのは、天竺《てんじく》のおやじだ。ということは、玉帝《ぎょくてい》だって、おまえに手を出せば、天竺《てんじく》のおやじの顔をつぶすことになるんじゃないか。だとすれば、詔《みことのり》なんか、出さないんじゃないかな。それならそれで、ずっとここにいればいいんだ。」

「そこだ、兄者。詔《みことのり》が出て、おれが帰らなければ、現世《げんせ》の捲簾大将《けんれんたいしょう》と来世《らいせ》の金身羅漢《こんしんらかん》と、どちらが重いかという、めんどうな問題が出てくる。おれのことで、天界と天竺《てんじく》の仲に水をさすのはなあ……。」

「じゃあ、まあ。このさい、すなおに天界に帰るしかないな。」

悟空《ごくう》がそういうと、悟浄《ごじょう》は案外《あんがい》すなおに、

「そういうことだな。」

とつぶやいた。

悟浄《ごじょう》が帰る気でいるなら、広目天王《こうもくてんのう》のたのみの件《けん》はすんだことになる。

悟空《ごくう》はからだをひとゆすりして、もとの姿《すがた》にもどると、

「じゃあ、お師匠様《ししょうさま》に、ちょっと挨拶《あいさつ》していくかな。」

といった。

「それなら、おれが案内する。」

といって、悟浄《ごじょう》が歩きだしたところで、悟空《ごくう》は、

「このさい、天の大軍あいてに、孤軍奮闘《こぐんふんとう》、よせくる天将《てんしょう》、天兵を降妖宝杖《ごうようほうじょう》でどつきまくり、獅子奮迅《ししふんじん》の戦いをして、最後は討《う》ち死《じ》にっていうのはどうだ。死んだら、来世は金身羅漢《こんしんらかん》だ。そうなれば、少なくとも、あのいけすかない玉帝野郎《ぎょくていやろう》にへいこらしなくてすむぜ。」

といい、いかにもおもしろそうに笑ったあと、

「やっぱり、それはだめだよなあ。」

といって、また笑ったのだった。

二

多聞天王《たもんてんのう》

なるほど、それで、悟浄《ごじょう》がおれのところにいるのではと思って、見にきたというわけか。

長安からもどってきて、三日たった。

孫悟空《そんごくう》は水簾洞《すいれんどう》の玉座《ぎょくざ》にあぐらをかき、手に茶碗《ちゃわん》を持ったまま、今まで何度も考えたことをまた考えた。

まあ、悟浄《ごじょう》が天界に帰ってしまっても、自分がお師匠様《ししょうさま》のところにときどき顔を出して、ようすを見てくればいいだろう。辯機《べんき》は若《わか》いが、なかなか気がきくし、お師匠《ししょう》様《さま》に不便な思いをさせることはないだろう。

それから悟空《ごくう》は茶を飲んだ。そして、からになった茶碗《ちゃわん》をのぞきこんで、思った。

いったい、これがほんとに、まえに東海竜王敖広《とうかいりゅうおうごうこう》がとどけてくれた茶だろうか。ときどき、長老にいれさせて飲んでみるが、どの長老にいれさせても、東海竜宮《とうかいりゅうぐう》で飲むほうがずっとうまい。やはり、水と温度だな……。

そのときだった。一匹《ぴき》の猿《さる》、とはいっても、このごろ花果山《かかざん》の猿《さる》たちはみな人間の服をまねたものを着ているから、一匹《ぴき》というより、ひとりというふうだが、ともあれ、一匹《ぴき》の猿《さる》がかけこんできた。そして、悟空《ごくう》に報告《ほうこく》した。

「空から軍勢《ぐんぜい》が押《お》しよせてまいります！」

悟空《ごくう》のまわりで、長老の席にすわり、同じように茶を飲んでいた四長老がいっせいに立ちあがり、悟空《ごくう》の顔を見た。

ははん、これは悟浄《ごじょう》が何かしでかしたな。

悟空《ごくう》はすぐに気づいたが、そんなことは口には出さず、馬元帥《ばげんすい》にいった。

「天界の軍勢《ぐんぜい》がこの花果山《かかざん》を攻《せ》めおとしにきたのではあるまい。安心しろ。仏弟子《ぶつでし》の衣《ころも》と歩雲履《ほうんり》、それから虎《とら》の腰《こし》まきを持ってこい。にせの緊箍《きんこ》もだ。」

馬元帥《ばげんすい》が持ってきた衣装《いしょう》に着がえると、悟空《ごくう》は水簾洞《すいれんどう》を出て、花果山《かかざん》の上に立った。

天界の軍勢《ぐんぜい》だ。だが、花果山《かかざん》をぐるりととりかこんでいるわけではない。西の空の低いところに、見たところ三千ほどの天兵が広い雲に乗って整列している。

数からみても、また陣取《じんど》っている場所からしても、攻撃《こうげき》しようとしているのでないことがわかる。

まだ、朝だ。日はそう高くない。どこから攻《せ》めてもいいなら、東から攻《せ》めるのが兵法だ。西からでは、まぶしくてしかたがない。東からなら、受け手がまぶしくて、戦いにくい。

花果山《かかざん》の猿《さる》たちは、つねひごろ、四長老たちが訓練しており、服だけではなく、武具《ぶぐ》もそろっているから、いかに天兵とはいえ、そうかんたんには負けない。それより何より、悟空《ごくう》がいるのだから、だれが指揮《しき》をしているにしても、三千の天兵で花果山《かかざん》水簾洞《すいれんどう》を攻《せ》めおとせると思うわけがない。

ついてきた四長老に、

「応戦《おうせん》のしたくはいらぬ。ちょっと、ようすを見てくる。」

といい、悟空《ごくう》がとんぼ返りをうとうとすると、小さな雲がひとつ、こちらにおりてくるのが見えた。

四天王のうちのだれかがここにくるなら、それは広目天王《こうもくてんのう》だと思ったら、そうではなかった。悟空《ごくう》のそばにきて、雲からおりた者を見れば、托塔李天王《たくとうりてんのう》、別名毘沙門天《びしゃもんてん》ともいわれる多聞天王《たもんてんのう》だった。左手に小さな塔《とう》をのせている。

「早朝よりおさわがせいたしております。ただいま、花果山《かかざん》に使いを出し、そののちうかがおうとしていたところでした。闘戦勝仏様《とうせんしょうぶつさま》にあられましては、ご機嫌《きげん》うるわしく……。」

多聞天王《たもんてんのう》がそこまでいったとき、悟空《ごくう》はそれをさえぎった。

「そういう挨拶《あいさつ》はいい。それから、おれのことは大聖《たいせい》と呼《よ》べ。おれはまだ闘戦勝仏《とうせんしょうぶつ》ではないし、おれに来世《らいせ》はないから、金輪際《こんりんざい》、闘戦勝仏《とうせんしょうぶつ》になることはない。それで、用はなんだ。悟浄《ごじょう》のことか。」

「ご明察のとおりでございます。闘戦勝《とうせんしょう》……、いや斉天大聖様《せいてんたいせいさま》。」

と多聞天王《たもんてんのう》がいったところで、悟空《ごくう》はいった。

「やはりそうか、托塔李《たくとうり》……、いや、毘沙門《びしゃもん》……、いや、多聞天王《たもんてんのう》。と、わざとそういったら、おまえだって、からかわれているような気がするだろう。」

「さようでございましたら、斉天大聖様《せいてんたいせいさま》。来世名金身羅漢様《らいせめいこんしんらかんさま》の捲簾大将殿《けんれんたいしょうどの》が詔《みことのり》を受けたのち、姿《すがた》を消されまして、われら四天王《してんのう》が捜索《そうさく》をしているのでございます。」

「なるほど、それで、悟浄《ごじょう》がおれのところにいるのではと思って、見にきたというわけか。」

「ありていにもうしあげれば、さようでございます。」

「それなら、高老荘《こうろうそう》にも、だれかがいっているな。」

「はい。三万の兵をしたがえ、持国天王《じこくてんのう》がまいっております。」

「悟浄《ごじょう》なら、ここにはいない。それに、高老荘《こうろうそう》にもいかないだろう。八戒《はっかい》のところにいって、何をするんだ。挨拶《あいさつ》にいっただけなら、すぐに長安にもどるはずだ。それで、その長安にはだれがいっているのだ。」

「はい。増長天王《ぞうじょうてんのう》が十万の天兵に上空から長安をとりかこませております。」

「ちょっと待てよ、八戒《はっかい》のところに三万で、長安は十万。それなのに、ここには、見たところ三千というのは、どういうことだ。うちの猿《さる》たちは強いぞ。」

悟空《ごくう》がそういうと、多聞天王《たもんてんのう》は苦笑いをして答えた。

「三千でも三十万でも、同じでございますから、ここは。かくさずにもうしあげますが、高老荘《こうろうそう》の三万と長安の十万はみな完全武装《ぶそう》をしておりますが、ごらんのとおり、ここにおります天兵たちは、鎧《よろい》と兜《かぶと》は身につけておりますが、剣《けん》しか持っておりません。弓も槍《やり》も持たせておりません。わたしひとりでまいるのもどうかと思い、かざりがわりに、ともをさせているだけでございます。」

見れば、たしかに、多聞天王《たもんてんのう》のうしろに整列している天兵たちは槍《やり》も弓も持っていない。

「なるほど。」

と悟空《ごくう》が天兵たちをながめていると、多聞天王《たもんてんのう》が、

「捲簾大将殿《けんれんたいしょうどの》がここにおられないということでしたら、すぐに引きあげましょう。」

といって、右手をあげた。そして、

「撤収《てっしゅう》！」

と天兵たちに命じたところで、悟空《ごくう》はいった。

「待て、多聞天王《たもんてんのう》。水簾洞《すいれんどう》の中をしらべていかなくていいのか。」

すると、多聞天王《たもんてんのう》はまた苦笑して答えた。

「もちろん、それにはおよびません。」

「へえ、どうして？　おれがうそをついていて、ほんとうは悟浄《ごじょう》は水簾洞《すいれんどう》にかくれているかもしれないと、そうは思わないのか。」

「思いませんが、たとえ、そう思っても、斉天大聖様《せいてんたいせいさま》がいないとおっしゃっている以上、ここで捲簾大将殿《けんれんたいしょうどの》をさがすことはございません。」

その理由はわかっているが、それでも、悟空《ごくう》はたずねてみた。

「それはまた、どうしてだ。」

「おとぼけになられてはいけません。万一、ここで捲簾大将殿《けんれんたいしょうどの》を見つけたら、わたしは天界におつれしなければなりません。玉帝陛下《ぎょくていへいか》の詔《みことのり》が出て、捲簾大将殿《けんれんたいしょうどの》は召還《しょうかん》されているのです。捲簾大将殿《けんれんたいしょうどの》がそれをここで拒否《きょひ》されたら、どのようなことになりましょう。わたしは三千の天兵をむだに失うことになります。」

「まあ、そうだな。」

とうなずいてから、悟空《ごくう》はたずねた。

「ここにおまえ、高老荘《こうろうそう》に持国天王《じこくてんのう》、長安《ちょうあん》に増長天王《ぞうじょうてんのう》ということだが、広目天王《こうもくてんのう》はどうした？　留守番《るすばん》か？」

「いえ、ちがいます。広目天王《こうもくてんのう》は捲簾大将殿《けんれんたいしょうどの》のゆくえに心あたりがあるということで、単身そこにむかいました。」

「心あたりとはどこだ？」

「さあ。広目天王《こうもくてんのう》は、それについては何ももうしておりませんでした。」

「それじゃあ、おれにはおれの心あたりがなくもないから、そこにいってみることにする。」

「では、おともいたしましょうか。」

「いや、ともは不要だ。おまえたちの雲では、遅《おそ》くてしかたがない。それより何より、たとえ剣《けん》しか持たなくても、天兵は天兵だ。どっとくりだしていったら、おだやかではない。まあ、おまえらとちがって、広目天王はそこいらのことも心えているんだろう。」

悟空《ごくう》はそういってから、蝿《はえ》を追いはらうように手をふって、いった。

「帰って、玉帝《ぎょくてい》の野郎《やろう》に、捲簾大将《けんれんたいしょう》は花果山《かかざん》にはいなかったと報告《ほうこく》しな。」

「撤収《てっしゅう》！」

多聞天王《たもんてんのう》はもう一度命令し、三千の天兵をしたがえて、天にのぼっていった。

多聞天王《たもんてんのう》と天兵が空のかなたに消えてしまうと、崩将軍《ほうしょうぐん》が悟空《ごくう》にたずねた。

「大聖様《たいせいさま》のお心あたりとはどこでしょうか？」

「きまってるじゃないか、天竺《てんじく》だ。」

「えーっ？　天竺《てんじく》？」

驚《おどろ》いて、身をのけぞらせた崩将軍《ほうしょうぐん》に悟空《ごくう》はいった。

「そんなわけはないだろうが。天界に帰るのがいやさに、悟浄《ごじょう》が天竺《てんじく》に逃《に》げこんだら、あそこのおやじだってこまるだろう。天竺《てんじく》となると、四天王《してんのう》あたりでは役者に不足がある。玉帝野郎《ぎょくていやろう》が自分で出ばっていかなけりゃあならないし、天竺《てんじく》のおやじにしてみりゃあ、自分のところに逃《に》げてきたものを、いくらあいてが天界の帝《みかど》でも、はいそうですかと、かえすわけにはいかない。今のところ、せっかくうまくいっている天竺《てんじく》と天界にあいだに、ひびを入れるようなことは、悟浄《ごじょう》はしないさ。」

「では、どこへ？」

とたずねたのは、芭将軍《はしょうぐん》だった。

「どこだと思う？」

逆《ぎゃく》に悟空《ごくう》にたずねられ、芭将軍《はしょうぐん》は答えた。

「それなら、玉竜様《ぎょくりゅうさま》をたよって、蛇盤山鷹愁澗《だばんさんおうしゅうかん》でしょうか。」

「玉竜《ぎょくりゅう》は嫁《よめ》さんをもらったばかりだ。まあ、それは関係ないにしても、もし、悟浄《ごじょう》が玉竜《ぎょくりゅう》をたよっていけば、玉竜《ぎょくりゅう》だって、やすやすとは悟浄《ごじょう》を天界のやつらに引きわたさない。そうなると、白い竜《りゅう》にまたがった悟浄《ごじょう》と十数万の天兵をしたがえた四天王《してんのう》との戦いだ。絵にはなるが、それもまたまずかろう。」

悟浄《ごじょう》がそういうと、今度は流元帥《りゅうげんすい》がたずねた。

「では、どこでございましょう？」

四長老と護衛《ごえい》の猿《さる》たちのほか、まわりに天界の者がいるわけではないのに、悟空《ごくう》は声をおとして、

「高老荘《こうろうそう》でもなく、天竺《てんじく》でもなく、蛇盤山鷹愁澗《だばんさんおうしゅうかん》でもなく、ここでもないとすれば、あとは一か所しかない。流沙河《りゅうさが》さ。」

というと、いきなりとんぼ返りをうった。

「ちょっと出かけてくる！」

悟空《ごくう》はそういって、空高くあがっていった。

三

流沙河《りゅうさが》対峙《たいじ》

ここにくるとは、さすがに広目《こうもく》、広い目という名を持つ天王《てんのう》だけあって、いい目のつけどころをしている。

下に黄風嶺《こうふうれい》が見えた。やがて、平地の上空に出れば、もう流沙河《りゅうさが》は目と鼻のさきだ。

孫悟空《そんごくう》はぐっと觔斗雲《きんとうん》の高度をさげた。

流沙河《りゅうさが》は、名に河《かわ》という字がついていても、まるで海のように広い。おまけに、谷川のように流れが速い。

岸辺に、背《せ》の高い草がしげっている。

いた！

草の中、沙悟浄《さごじょう》が降妖宝杖《ごうようほうじょう》をかまえて立っている。

その正面、二十歩ほどはなれたところに、もうひとりいる。

広目天王《こうもくてんのう》だ。手にしているのは三つまたの矛《ほこ》、三鈷戟《さんこげき》だ。

悟空《ごくう》は觔斗雲《きんとうん》を急降下《きゅうこうか》させると、ふたりのあいだにわって入るようにして、草むらに跳《と》びおりた。

まず、悟浄《ごじょう》の顔を見る。

悟浄《ごじょう》は何もいわず、広目天王《こうもくてんのう》をにらみつけている。

次に、広目天王《こうもくてんのう》を見る。そして、いった。

「ここにくるとは、さすがに広目《こうもく》、広い目という名を持つ天王だけあって、いい目のつけどころをしている。」

広目天王《こうもくてんのう》はにらみあっている悟浄《ごじょう》から、悟空《ごくう》に視線《しせん》をうつし、口を開いた。

「ここは捲簾大将殿《けんれんたいしょうどの》がおひとりで、長く住んでおられた川だからな。それより、大聖《たいせい》。大聖《たいせい》からもいってくれ。捲簾大将殿《けんれんたいしょうどの》には玉帝陛下《ぎょくていへいか》から召還《しょうかん》の詔《みことのり》が出ている。詔《みことのり》が出れば、もはや是非《ぜひ》もない。天界に帰るしかないのだ。」

悟空《ごくう》はうなずいて、悟浄《ごじょう》にいった。

「そういうことだ、悟浄《ごじょう》。なにしろ、天界の帝《みかど》の詔《みことのり》だ。天竺《てんじく》への旅が終わり、金身羅漢《こんしんらかん》という来世名《らいせめい》をもらい、天界でのかつての罪《つみ》は許《ゆる》されている。来世《らいせ》はともあれ、現世《げんせ》では、おまえは玉帝《ぎょくてい》の側近の将軍《しょうぐん》、捲簾大将《けんれんたいしょう》なのだぞ。」

これには、悟浄《ごじょう》は意外そうな顔をして、いった。

「何をいうのだ、兄者。兄者が天界や玉帝《ぎょくてい》の肩《かた》を持つとは思わなかった。」

「べつに玉帝野郎《ぎょくていやろう》の肩《かた》を持っているわけではない。事実を事実としていっているだけだ。とっとと天界にもどり、もとの仕事につけ。」

「いやなことだ。いったい、天界に帰って、何をするのだ。玉帝《ぎょくてい》のそばに年中ひかえていて、玉帝《ぎょくてい》が何かいうたびに、『さようでございます、陛下《へいか》。』といっているだけの仕事など、おれはいやだ。」

それを聞いて、悟空《ごくう》はついおかしくなって、

「ふっ。」

と笑ってしまった。

その声が聞こえたのだろう。悟浄《ごじょう》がむきになって、いった。

「何がおかしいのだ、兄者。」

「何がって、おまえ。おまえ、今、なんていった？　玉帝《ぎょくてい》のそばに年中ひかえていて、玉帝《ぎょくてい》が何かいうたびに、『さようでございます、陛下《へいか》。』といっているだけだと？　その言葉の玉帝《ぎょくてい》というところを玄奘三蔵《げんじょうさんぞう》にかえ、陛下《へいか》のところをお師匠様《ししょうさま》にかえて、

いってみろ。」

悟空《ごくう》はそういったが、悟浄《ごじょう》は答えない。

そこで、悟浄《ごじょう》のかわりに悟空が自分で答えた。

「玄奘三蔵《げんじょうさんぞう》のそばに年中ひかえて、玄奘三蔵《げんじょうさんぞう》が何かいうたびに、『さようでございます、お師匠様《ししょうさま》。』といっているだけ……ではないのか。」

「ちがう。たしかにそういうことも多いが、それだけではない。おれはお師匠様《ししょうさま》をお守りし、身のまわりのお世話をさせていただいている。それだけではない。弟子《でし》たちのめんどうを見たり、弘福寺《こうふくじ》にやってくる人々の……。」

そこまで悟浄《ごじょう》がいったとき、悟空《ごくう》は右のてのひらを悟浄《ごじょう》にむけて、

「わかった、わかった。おまえが、さようでございます、お師匠様《ししょうさま》といっているだけではないことはわかった。たしかにそのとおりだ。それに、おれだって、おまえがお師匠様《ししょうさま》のそばにいてくれれば安心だ。」

といってから、今度は広目天王《こうもくてんのう》を見て、いった。

「まあ、そういうことだから、ここは悟浄《ごじょう》を見のがしてくれないか。」

「何をいうのだ、大聖《たいせい》。詔《みことのり》が出ているのだ。見のがすことなど、できるわけがない。

大聖《たいせい》。わたしがこうして、天兵もしたがえず、ひとりできたわけがわかるか。」

広目天王《こうもくてんのう》にきかれ、悟空《ごくう》は、

「たぶんわかると思う。それは……。」

といい、そのあとは悟浄《ごじょう》のほうを見て、言葉をつづけた。

「天兵をつれて、おまえを取りかこみ、そこでおまえが抵抗《ていこう》すれば、おまえは玉帝野郎《ぎょくていやろう》の詔《みことのり》をふみにじっただけではなく、さらに、玉帝《ぎょくてい》にさからったことになる。つまり、いわゆる逆賊《ぎゃくぞく》というやつだ。これは罪《つみ》が重いぞ。今度は、赤脚大仙《せききゃくだいせん》がとりなしてくれても、死罪《しざい》はまぬかれない。だが、ひとりできた広目天王《こうもくてんのう》のいうことをきけば、天界への帰参が少し遅《おく》れただけで、詔《みことのり》を無視《むし》したわけではないということにしてもらえるってことだ。広目天王は戦うつもりなどないから、ひとりできたのだし、おまえもあらがうことなどまったくせずに、天界に帰る。そういうことにしてもらえるってことだ。」

「そんなことにしてもらわなくて、おおいにけっこうだ。死罪《しざい》にするなら、してみろ。死ねば、来世《らいせ》では金身羅漢《こんしんらかん》になる。金身羅漢《こんしんらかん》になって、栴檀功徳仏《せんだんくどくぶつ》になられたお師匠《ししょう》様《さま》におつかえできるというものだ。」

悟浄《ごじょう》はそういって、胸《むね》をはった。

悟空《ごくう》はいった。

「それはどうかな。おまえが金身羅漢《こんしんらかん》になって、お師匠様《ししょうさま》が栴檀功徳仏《せんだんくどくぶつ》になることは、天竺《てんじく》のおやじがきめたことだから、たぶん来世《らいせ》では、そのとおりになるだろうよ。だが、金身羅漢《こんしんらかん》が栴檀功徳仏《せんだんくどくぶつ》につかえる身になるとは、だれもいっていない。金身羅漢《こんしんらかん》はべつの仏《ほとけ》につかえ、栴檀功徳仏《せんだんくどくぶつ》はべつの者につかえられるということだって、じゅうぶんにあるのだ。それだけではない。かりに、おまえが来世《らいせ》でお師匠様《ししょうさま》につかえる身になれたとしても、そのときにはもう、おまえは今の世のことをおぼえていないし、お師匠様《ししょうさま》だって同じだ。来世《らいせ》になれば、現世《げんせ》の記憶《きおく》はない。まえにもいったことがあると思うが、いいか、悟浄《ごじょう》。来世《らいせ》などというものはまるで意味がないのだ。生まれかわったところで、そのまえのことをおぼえていなければ、まるで他人と同じではないか。」

「いや、そんなことは……。」

といいかけた悟浄《ごじょう》を無視《むし》し、悟空《ごくう》は腰《こし》まである草をかきわけて、広目天王《こうもくてんのう》のそばにいった。そして、小声でいった。

「広目天王《こうもくてんのう》。おれがかならず悟浄《ごじょう》を天界につれていく。だから、おまえはさきに帰って、悟浄《ごじょう》はしたくにてまどっているだけで、詔《みことのり》をないがしろにしているわけではなく、すぐにくると玉帝野郎《ぎょくていやろう》にいってくれ。」

「捲簾大将殿《けんれんたいしょうどの》がかならず帰参するなら、大聖《たいせい》のいうとおりにするが、だいじょうぶなのか。」

広目天王《こうもくてんのう》はいぶかしそうな顔をしたが、悟空《ごくう》は、

「なあ、広目天王《こうもくてんのう》。おれは斉天大聖孫悟空《せいてんたいせいそんごくう》だ。今まで、おまえにうそをついたことは一度もない。おれを信じて、ここはさきに帰ってくれないか。」

といった。

「そうか。そこまでいうなら、帰ることにする。」

広目天王《こうもくてんのう》はそういって、かまえていた三鈷戟《さんこげき》の矛《ほこ》を上にむけ、トンと地面をついた。たちまち草原に雲が起こり、広目天王《こうもくてんのう》の足もとにひろがったかとおもうと、広目天王《こうもくてんのう》のからだは宙《ちゅう》に浮《う》き、そのまま上にあがっていった。そして、やがて空のかなたに消えた。

広目天王《こうもくてんのう》が見えなくなると、悟空《ごくう》はまた草をかきわけて、悟浄《ごじょう》の近くにいき、声を

かけた。

「なあ、悟浄《ごじょう》。ここはおれの顔を立てて、いっぺん天界に帰ってくれないか。」

「いやだ。」

いつになく強情《ごうじょう》な悟浄《ごじょう》に、悟空《ごくう》はいった。

「ただ帰れといっているのではない。いっぺん帰ってくれればいいんだ。すぐにまた弘福寺《こうふくじ》にもどれるようにしてやる。」

「なんだと？」

「だから、一度天界にもどってくれたら、すぐにまた、お師匠様《ししょうさま》のところに帰れるようにしてやるといっているのだ。」

「すぐというと、どれくらいすぐだ。」

疑《うたが》わしそうな目でそういった悟浄《ごじょう》に、悟空《ごくう》は、

「すぐというのは、すぐだ。」

といったが、悟浄《ごじょう》は納得《なっとく》しない。

「それではわからぬ。どれほどすぐなのだ。」

「そうだな。辯機《べんき》が弘福寺《こうふくじ》から歩いて啓夏門《けいかもん》にいき、またもどってくるくらいの時間

ではどうだ。」

そういった悟空《ごくう》の顔を悟浄《ごじょう》はしみじみ見て、たずねた。

「ひょっとして、兄者。兄者は天界で玉帝《ぎょくてい》をしめあげて、詔《みことのり》を取り消させようとしているのか。」

悟空《ごくう》は答えた。

「たしかにその手もある。というより、是非《ぜひ》その手でいきたい。だいたいだな、ほんとうなら、あいつを天界から追い出して、おれが天の帝《みかど》になっていてもいいはずだったのだ。だが、あいつをいためつけて、おまえを弘福寺《こうふくじ》につれもどすとなると、あとで、天竺《てんじく》のおやじがあれこれいってくるかもしれないし、天竺《てんじく》のおやじがだまっていても、かわりに、あの観音《かんのん》の野郎《やろう》がちゃちゃを入れてくるにきまっている。そうなると、めんどうだし、お師匠様《ししょうさま》にも迷惑《めいわく》がかかる。だから、玉帝《ぎょくてい》をしめあげるっていう妙案《みょうあん》は、残念だが、今回は見送りだ。だが、ほかの手があるから、心配するな。」

「ほんとうか、兄者。」

よろこんでいいのか、まだ疑《うたが》うべきなのか、迷《まよ》っているような顔をしている悟浄《ごじょう》をなぐさめるように、悟空《ごくう》はいった。

「ほんとうだ。なあ、悟浄《ごじょう》。おれは斉天大聖孫悟空《せいてんたいせいそんごくう》だ。今まで、おまえにうそをついたことは一度もない。おれを信じて、ここはいっぺん天界に帰ってくれ。」

悟空《ごくう》のそのせりふは、つい今しがた広目天王《こうもくてんのう》にいった言葉によく似《に》ていた。だが、ちがうところもあった。それは、そのあと、悟空《ごくう》が、

「玉帝《ぎょくてい》をしめあげたりはしないが、おれもいっしょに天界にいく。そして、ほんの少しのあいだそこにいて、おまえといっしょに天界を出る。」

といったことだ。

「ほんとうか。ほんとうなのだな、兄者。」

念を押《お》す悟浄《ごじょう》に、悟空《ごくう》はいいきった。

「ほんとうだ。おれは斉天大聖孫悟空《せいてんたいせいそんごくう》だ。約束はたがえぬ！」

四

召還《しょうかん》

その詔《みことのり》というのを見せてみよ。

沙悟浄《さごじょう》と雲をならべ、孫悟空《そんごくう》が天界の西天門《さいてんもん》につくと、門前にずらりと配下の天兵を整列させて、広目天王《こうもくてんのう》が待っていた。

「約束どおり、つれてきたぞ。」

悟空《ごくう》は広目天王《こうもくてんのう》にそういうと、悟浄《ごじょう》に、

「捲簾大将殿《けんれんたいしょうどの》。お入りを。」

といった。

そして、悟浄《ごじょう》が門をくぐったところで、悟空《ごくう》自身も中に入ろうと、一歩まえにふみだしたところで、広目天王《こうもくてんのう》が悟空《ごくう》にいった。

「闘戦勝仏様《とうせんしょうぶつさま》も、中にお入りになりますか。」

そういったところをみると、悟空《ごくう》が天界の中に入ることを広目天王《こうもくてんのう》は予期していなかったのだろう。

ほかに天界の者がいなければ、広目天王《こうもくてんのう》は悟空《ごくう》を大聖《たいせい》と呼ぶが、人目を気にせねばならぬときは、悟空《ごくう》を来世名《らいせめい》で呼ぶ。

「むろんだ。玉帝《ぎょくてい》のまえまで悟浄《ごじょう》をつれていってこそ、おまえとの約束をはたせるというものだ。」

悟空《ごくう》はそういって、広い道を霊霄殿《れいしょうでん》にむかって歩いていく。

あわてて、広目天王《こうもくてんのう》がふたりのまえにいき、先導《せんどう》する。

道の左右には、召還《しょうかん》された捲簾大将《けんれんたいしょう》が玉帝《ぎょくてい》に拝謁《はいえつ》するために昇殿《しょうでん》するのを守るかのように、ずらりと天兵がならんでいる。

悟空《ごくう》が天界の中に入ったことを玉帝《ぎょくてい》に知らせにいくのだろう。伝令らしい天兵が整列した天兵の列の裏《うら》を霊霄殿《れいしょうでん》にむかって走っていくのがわかった。

やがて、屋根の下に〈霊霄殿《れいしょうでん》〉と書かれたきらびやかな建物のまえまでくると、広目天王《こうもくてんのう》はふたりに道をあけた。そして、横むきに直立不動の姿勢《しせい》をとった。

悟空《ごくう》と悟浄《ごじょう》は広目天王《こうもくてんのう》のまえをとおり、霊霄殿《れいしょうでん》の階段《かいだん》をあがっていく。

ずっとむこうの正面に、玉帝《ぎょくてい》が玉座《ぎょくざ》にすわっているのが目に入った。

むこうからもこちらが見えたのだろう。玉帝《ぎょくてい》が立ちあがった。

天帝《てんてい》、つまり天の帝《みかど》というのは、天人の頂点《ちょうてん》に立つ。といえばものものしいが、天人であるということは天人でしかないということだ。天人は人間に比《くら》べると、はるかに寿命《じゅみょう》が長いが、不死ではない。いずれは死ぬべき者であり、不死の仏《ほとけ》から見れば、ずっと下の者なのだ。ときに、悟空《ごくう》は現世《げんせ》では斉天大聖《せいてんたいせい》であるが、来世《らいせ》では闘戦勝仏《とうせんしょうぶつ》、つまり仏《ほとけ》になる。仮《かり》に玉帝《ぎょくてい》が来世《らいせ》で仏《ほとけ》に列せられるとしても、今は対等か、あるいは今すでに不死身である悟空《ごくう》からみると、格下《かくした》といえないこともない。だから、玉帝《ぎょくてい》は悟空《ごくう》がきたのを見て、立ったのだ。

悟空《ごくう》と悟浄《ごじょう》は紫色《むらさきいろ》の敷物《しきもの》の上を歩いていく。左右には、天界の文武百官《ぶんぶひゃっかん》がならんでいる。その中には、もちろん、悟空《ごくう》の知った顔がいる。

まず、巨霊神《きょれいしん》のまえをとおると、そのななめむかい側に太白金星《たいはくきんせい》がいた。そのさきには、哪吒太子《なたたいし》がいる。ほかにも知った顔がたくさんいる。

やがて、玉帝《ぎょくてい》の近くまでいくと、武曲星君《ぶきょくせいくん》がいた。

玉帝《ぎょくてい》が玉座《ぎょくざ》のまえの階段《かいだん》をおりてきて、悟空《ごくう》のまえに立った。

悟空《ごくう》はいった。

「捲簾大将《けんれんたいしょう》をつれてきた。」

玉帝《ぎょくてい》がだまってうなずいたところで、悟空《ごくう》はたずねた。

「沙悟浄《さごじょう》の天界での罪《つみ》は許《ゆる》され、捲簾大将《けんれんたいしょう》の職《しょく》に復帰《ふっき》することに、まちがいはないな。」

玉帝《ぎょくてい》がだまったまま、ふたたびうなずく。

言葉で答えたのは、そばにいた武曲星君《ぶきょくせいくん》だった。

「天竺《てんじく》で金身羅漢《こんしんらかん》の来世名《らいせめい》をいただいた以上、もちろん、捲簾大将《けんれんたいしょう》のかつての罪《つみ》は許《ゆる》されましてございまする。」

悟空《ごくう》は悟浄《ごじょう》に、

「よかったな、悟浄《ごじょう》。そういうことだから、これからはここで仕事にはげめよ。」

といって、ふりかえって、帰るそぶりを見せた。

「まさか兄者。ひとりで帰ろうなんて……。」

悟浄《ごじょう》が小声でそういうと、悟空《ごくう》は、

「あ、そうそう。」

といって、玉帝《ぎょくてい》のほうにからだをむけなおした。そして、いった。

「天竺《てんじく》で釈迦牟尼如来《しゃかむににょらい》から来世名《らいせめい》をもらったということで、天界での罪《つみ》が許《ゆる》されるのなら、その昔、ここでおれが大あばれした罪《つみ》も許《ゆる》されて、おれも天界での役職《やくしょく》にもどれることになる。そうではないか。」

「えっ……。」

と玉帝《ぎょくてい》がつぶやいたところで、悟空《ごくう》はいった。

「まさか、金身羅漢《こんしんらかん》の来世名《らいせめい》を持つ者がさきで、闘戦勝仏《とうせんしょうぶつ》の来世名《らいせめい》を持つ者のほうの復職《ふくしょく》があとまわしになるなどということはないな？」

武曲星君《ぶきょくせいくん》が玉帝《ぎょくてい》の顔をちらりと見てから、答えた。

「む、むろんでござりまする。」

「やったあ！」

と大げさによろこんでみせてから、悟空《ごくう》はまじめな顔にもどり、武曲星君《ぶきょくせいくん》にいった。

「おれはここで斉天大聖《せいてんたいせい》となり、天界の桃園《ももぞの》、蟠桃園《ばんとうえん》の右手に、斉天大聖府《せいてんたいせいふ》という建物をたててもらい、そこに住んで、桃《もも》の管理をしていた。おまえ、それをおぼえているな。あのとき、おまえもいたからな。」

武曲星君《ぶきょくせいくん》はちらりと玉帝《ぎょくてい》をうかがい、それからいった。

「むろん、おぼえております。」

「では、そこへ案内しろ。今から、おれはそこではたらく。」

そういってからひと息おいて、悟空《ごくう》は玉帝《ぎょくてい》にいった。

「まさか、斉天大聖府《せいてんたいせいふ》はもうないのではないだろうな。」

斉天大聖府《せいてんたいせいふ》がすでになくなっていることに、悟空《ごくう》は確信《かくしん》があった。

かつて、悟空《ごくう》との戦いで、天の軍勢《ぐんぜい》は総《そう》くずれになり、玉帝《ぎょくてい》はあと一歩というところまで、悟空《ごくう》に追いつめられたのだ。いわば、そんな謀反人《むほんにん》、いや謀反猿《むほんざる》が住んでいたところなど、とっくにとりこわされているにちがいない。そんなものを残しておいても、使うことはないし、見るたびにいやなことを思い出すから、目ざわりにちがいない。

武曲星君《ぶきょくせいくん》はだまりこんで、玉帝《ぎょくてい》を見た。

悟空《ごくう》はいった。

「しかしまあ、あれはもう五百年、いやもっとまえのことだ。斉天大聖府《せいてんたいせいふ》も、あちこち修繕《しゅうぜん》しなければならないだろう。すぐに使うのはむりかもしれない。」

武曲星君《ぶきょくせいくん》はほっとしたような顔をした。もっとほっとしたのは玉帝《ぎょくてい》だろう。その証拠《しょうこ》に、玉帝《ぎょくてい》はふうっとため息をつき、それが悟空《ごくう》の耳に聞こえた。

悟空《ごくう》はつづけた。

「ああ、それから、蟠桃園《ばんとうえん》ではたらくなら、おれとしても、今度は一生懸命《いっしょうけんめい》やりたい。すみからすみまで、しっかり管理しないといけない。となると、おれひとりではむずかしい。そうだな、天兵を千ほど貸《か》してもらおうか。ああ、それはだめかもしれない。天兵たちは桃《もも》のことなど、くわしくないからな。ううむ、そうなるとだ……。」

といって、悟空《ごくう》は考えているようなふりをして、天井《てんじょう》を見あげ、今思いついたというふうに、

「ああ、そうだ。いい案がある！」

といって、玉帝《ぎょくてい》の顔を見た。そして、いった。

「花果山《かかざん》の猿《さる》たちは桃《もも》にくわしい。あいつらを千ほどよりすぐって、ここにつれてくればいいのだ。猿《さる》は桃《もも》が大好物だからな。天兵よりは桃《もも》のことをよく知っている。しかし、なにしろ、猿《さる》だからなあ。あちこち見まわりながら、ここでひとつ、あそこでひとつというふうに、桃《もも》をつまみ食いするだろうな。しかし、それくらいはしかたがない。」

蟠桃園《ばんとうえん》の桃《もも》の木はぜんぶで三千六百本ある。手前の千二百本は三千年に一度、実をつける。中ほどの千二百本はそれより実が大きく、六千年に一度、実がなる。そして、

奥《おく》の千二百本は九千年に一度しか実ができず、これを人間が食べると、不老不死になるといわれている。

そんな桃《もも》を千匹《びき》の猿《さる》たちに食いあらされたら、たまらない。

悟空《ごくう》はさらに言葉をつづけた。

「それで、蟠桃園《ばんとうえん》の仕事を猿《さる》たちにまかせてしまうと、おれはひまになる。だが、それもかえって都合がいい。天竺《てんじく》への旅では、いろいろな妖怪《ようかい》に出会ったが、世界にはまだまだほかの妖怪《ようかい》もいるにちがいない。中にはけっこう強いのもいるだろう。もし、そういうのが手下を引きつれて、この天界に攻《せ》めのぼってきたらどうなるのだ。いってはいが、ここの将軍《しょうぐん》たちが最後に戦ったのは、おれとの戦いのときではないのか。もう、あれから五百年以上たつ。からだもなまっているだろう。ちょうどいい。おれが毎日、稽古《けいこ》をつけてやる。そうだな、さっそく……。」

とそこまでいって、悟空《ごくう》はずっとむこうにいる巨霊神《きょれいしん》を指さした。

「おおい、おまえ。まずおまえからだ。これで、おれが帝《みかど》から詔《みことのり》をもらって、斉天大聖府《せいてんたいせいふ》にもどることになったら、すぐにでも、おまえに稽古《けいこ》をつけてやる。だから、帰らずに待っていろよ。」

巨霊神《きょれいしん》がうつむいたのが、遠くからでもわかった。

声をいくらかおとし、まるでひとりごとのように悟空《ごくう》はいった。

「そうだなあ。これから、毎日、ひとりかふたりずつ、朝から晩《ばん》まで、稽古《けいこ》をつけて、きたえぬいてやろう。だが、なまはんかなきたえようではいかん。天将《てんしょう》たちをきたえると同時に、このおれ自身もきたえなおさなければいかんから、稽古《けいこ》は壮絶《そうぜつ》きわまるだろうなあ。」

それから悟空《ごくう》は玉帝《ぎょくてい》のすぐそばまでいくと、

「さて、おれの詔《みことのり》をくれ。まさか、悟浄《ごじょう》のはあっても、おれのはないなどということはないだろう。ま、忘《わす》れるということもあるから、なければ待っている。あんなものを書くのに、時間はかかるまい。」

といった。

「むむ……。」

のどの奥《おく》で、玉帝《ぎょくてい》がうなったのがわかった。

玉帝《ぎょくてい》は武曲星君《ぶきょくせいくん》にいった。

「ところで、捲簾大将《けんれんたいしょう》を召還《しょうかん》せよという詔《みことのり》は今、だれが持っているのだ。」

「はっ。太白金星殿《たいはくきんせいどの》でございます。」

武曲星君《ぶきょくせいくん》がそういうと、玉帝《ぎょくてい》は、

「太白金星《たいはくきんせい》！　ここにまいれ！」

と大声で太白金星《たいはくきんせい》を呼《よ》んだ。

太白金星《たいはくきんせい》が列からはなれ、すすみでてくる。

玉帝《ぎょくてい》はまかりでてきた太白金星《たいはくきんせい》をじいっと見てから、

「その詔《みことのり》というのを見せてみよ。」

といった。

太白金星《たいはくきんせい》はよく玉帝《ぎょくてい》の使いをする者で、機転のきく老人だ。

玉帝《ぎょくてい》は、

「その詔《みことのり》を見せよ。」

とはいわず、

「その詔《みことのり》というのを見せてみよ。」

といった。

そのことはつまり、そんなものはあるはずがないという意味だ。いや、ないことにしろという意味だ。

太白金星《たいはくきんせい》は深々と頭をさげてから、いった。

「おそれながら、もうしあげます。この太白金星《たいはくきんせい》、そのような詔《みことのり》を陛下《へいか》よりおあずかりしたおぼえはございません。いや、おあずかりしたのかもしれませぬが、なにしろ、よる年なみで、このごろ物忘《ものわす》れがはげしく、もうしあげにくきことながら、陛下《へいか》が何をおおせなのか、とんと……。」

「わからぬともうすか。」

玉帝《ぎょくてい》の言葉に、太白金星《たいはくきんせい》はもう一度頭をさげ、

「はっ。おそれながら、さようでございます。」

といった。

すると、今度は玉帝《ぎょくてい》は武曲星君《ぶきょくせいくん》にたずねた。

「武曲星君《ぶきょくせいくん》。そちはどうじゃ。捲簾大将召還《けんれんたいしょうしょうかん》という詔《みことのり》をどこかで見たか。」

武曲星君《ぶきょくせいくん》もことがどういうことになっているのかわかったようで、

「捲簾大将殿《けんれんたいしょうどの》のご召還《しょうかん》でしょうか。おそれながら、そのようなことは、この武曲星君《ぶきょくせいくん》もぞんじあげません。」

と答えた。

玉帝《ぎょくてい》は大きくうなずき、あたりを見わたしてから、大声でいった。

「だれか、捲簾大将召還《けんれんたいしょうしょうかん》につき、知る者はいるか。」

列はしずまりかえり、だれも返事をしない。

しばらく待って、玉帝《ぎょくてい》は悟浄《ごじょう》にいった。

「どうやら、まだそちの召還《しょうかん》はきまっておらぬようじゃ。どこかで手ちがいがあったにちがいない。きょうのところは長安にもどれ。そちの召還《しょうかん》については、これより審《しん》議《ぎ》させ、いずれ沙汰《さた》する。」

すかさず悟空《ごくう》が悟浄《ごじょう》にいった。

「残念だったな、悟浄《ごじょう》。せっかくもとの職《しょく》にもどれると思ったのにな。それで、なつかしい流沙河《りゅうさが》までいって、なごりをおしんできたっていうのになあ。おまえの復帰《ふっき》については、これから審議《しんぎ》がはじまるそうだ。おまえも知っていようが、長安の人間の宮廷《きゅうてい》でも、審議《しんぎ》となると、かなり時間がかかる。まして、ここは天界だ。おれたちの師匠《ししょう》が生きているうちには、審議《しんぎ》はまず終わらないだろうから、そのあたりのことは覚悟《かくご》して、遅《おそ》いとかなんとか、ぶつぶつもんくはいうなよ。それにほら、順番からいえば、おれの復帰《ふっき》のほうがさきだしなあ。これは時間がかかるぞ、きっと。」

そういって、悟空《ごくう》はあごをひき、玉帝《ぎょくてい》の顔をにらみあげた。それから、悟空《ごくう》は右手の人さし指であごをぽりぽりとかきながら、いった。

「じゃあ、悟浄《ごじょう》。きたのはどうやらまちがいのようだったから、帰るとするか。」

悟空《ごくう》が霊霄殿《れいしょうでん》の出入り口にむかって歩きだすと、うしろで、

「それでは玉帝陛下《ぎょくていへいか》。本日はこれにて失礼もうしあげます。」

という悟浄《ごじょう》の声が聞こえた。

文武百官《ぶんぶひゃっかん》のまえをとおりぬけ、外に出たところで、うしろから悟浄《ごじょう》が追いついてきた。

広目天王《こうもくてんのう》はまだそこにひかえていた。

悟空《ごくう》はとおりすぎながら、広目天王《こうもくてんのう》にいった。

「どうやら、まちがいだったらしいぞ。」

「はっ！」

と頭をさげてから、広目天王《こうもくてんのう》はいった。

「では、西天門《さいてんもん》までお送りいたしましょう！」

五 百聞一見

あいつとは、おれおまえの仲だ。おまえにいわれなくたって、
よろしくやらあ。

沙悟浄《さごじょう》といっしょに一度長安にもどると、孫悟空《そんごくう》はそこに三日とどまり、それから花果山《かかざん》にもどったのだが、その帰り道、東海竜宮《とうかいりゅうぐう》によって、茶を飲んでいくことにした。

いつもの広間の、いつものいすで、悟空《ごくう》がひと口茶を飲み、

「ほんとうに、ここの茶はうまいなあ……。」

といって、天井《てんじょう》を見あげると、小さな机《つくえ》をはさんで、悟空《ごくう》のまえにすわっている東海《とうかい》竜王敖広《りゅうおうごうこう》が、

「ところで、大聖様《たいせいさま》。天界に入られ、玉帝陛下《ぎょくていへいか》とお話しなされたそうですね。」

といった。

「ああ、そうだ。だれから聞いた？」

「おとどい、広目天王様《こうもくてんのうさま》がいらして、お話をうかがいました。」

「そうか。それで、広目天王《こうもくてんのう》はなんていってた？」

「霊霄殿《れいしょうでん》の中でのことは一部始終、すべて聞こえたそうです。多聞天王様《たもんてんのうさま》ほどではないにせよ、広目天王様《こうもくてんのうさま》も耳がよろしいですからね。」

「それで？」

「なんでも、大聖様《たいせいさま》を西天門《さいてんもん》にお送りしたとかで、そのとき、笑いをこらえるのにひと苦労したとのことでした。」

「広目天王《こうもくてんのう》が、笑いをこらえるのにひと苦労しただと？　へえ、そうか。」

悟空《ごくう》はそういってから、

「流沙河《りゅうさが》に悟浄《ごじょう》がいることに気づいたのが、あいつでよかった。四天王《してんのう》のうちのほかのだれかだったら、ひとりではいかなかっただろうし、そうなると、大捕り物《おおとりもの》がはじまって、後始末がたいへんだったろう。百聞は一見にしかずというが、ほんとうだな。」

といった。

「妙《みょう》なことをおっしゃいますね。百聞一見とは、この場合、どういうことです？」

敖広《ごうこう》にきかれ、悟空《ごくう》は答えた。

「百回聞くより、一度見るほうがわかるということではない。ここで百聞とはつまり百人の多聞天王《たもんてんのう》で、一見とはひとりの広目天王《こうもくてんのう》のことさ。百人の多聞天王《たもんてんのう》より、広目《こうもく》天王《てんのう》ひとりのほうが役に立つということだ。」

「なるほど。」

とうなずいた敖広《ごうこう》に、今度は悟空《ごくう》がたずねた。

「多聞天王《たもんてんのう》のことはどうでもいいが、降妖宝杖《ごうようほうじょう》を持った悟浄《ごじょう》と、三鈷戟《さんこげき》を手にした広《こう》目天王《もくてんのう》じゃあ、おまえ、どっちが強いと思う？」

敖広《ごうこう》は持っていた茶碗《ちゃわん》を机《つくえ》の上におき、腕《うで》をくんだ。

「さあ、どちらでしょうか。どちらが勝つにしても、いい勝負でしょうね。」

「今度、ふたりをここによんできて、試合をさせてみるか。」

「さて、あのおふたりが試合などなさるでしょうか。」

首をかしげた敖広《ごうこう》に、悟空《ごくう》はいった。

「それだ、問題は。ふたりとも天界の者だからな。なんのかんのといって、そういうことはしないかもしれない。あいつら、ものごとをはっきりさせないのが好きだからなあ。」

それから悟空《ごくう》は茶碗《ちゃわん》を机《つくえ》においていった。

「ところで敖広《ごうこう》。たのみがあるんだ。」

「茶をもう一杯《ぱい》でしょうか。」

「それはもういい。ここの水を大きな壺《つぼ》に入れてくれないか。温度のこともあろうが、同じおまえのところの茶葉《ちゃば》を使っても、水簾洞《すいれんどう》の水でいれたものより、ここの水でいれたもののほうがうまいんだ。たぶん、水のせいだと思う。」

「承知《しょうち》いたしました。では、すぐに水をおとどけいたしましょう。」

「いや、おれが持って帰る。なんでもいいから、でかい壺《つぼ》に入れてくれ。」

「とってあるものより、くみたてともうしましょうか、とりたてのものがよろしいでしょうか。」

「そりゃあ、水だって、新しいものがいいだろう。」

「では。」

といって、敖広《ごうこう》は手をぽんとたたき、奥《おく》に声をかけた。

「大壺《おおつぼ》をこれへ持ってまいれ！」

魚顔《さかながお》の女官《にょかん》がふたりがかりで大きな壺《つぼ》を持ってきて、床《ゆか》においた。

いくら竜宮《りゅうぐう》の女官《にょかん》が力持ちだとはいえ、そして、ふたりがかりとはいえ、妙《みょう》に軽そうに持ってきたところを見ると、壺《つぼ》はからのようだ。

敖広《ごうこう》が息をすいこみながら、胸《むね》をはった。

それから、敖広《ごうこう》は立ちあがり、右の衣《ころも》の袖《そで》をまくった。まくる左の手は人間の手の形だったが、右の袖《そで》からあらわれた手は、いつのまにか、四本のするどい爪《つめ》のある竜《りゅう》の手になっていた。

その爪《つめ》をぐっとひろげ、敖広《ごうこう》はてのひらを上にむけ、壺《つぼ》の上においた。

するとどうだろう。ひろげた敖広《ごうこう》のてのひらから、どっと水が湧《わ》きだしたではないか。

湧《わ》きでた水がてのひらからあふれ、壺《つぼ》に落ちていく。そして、水が壺《つぼ》の首あたりまでくると、敖広《ごうこう》は手をにぎった。にぎるとすぐに、竜《りゅう》の手が人間の手にもどった。

驚《おどろ》いて目を見はっている悟空《ごくう》に、敖広《ごうこう》はいった。

「竜宮《りゅうぐう》の水気をいったんわたくしの体内にいれ、霊液《れいえき》にかえて、外に出した水ですから、いかに水簾洞《すいれんどう》の水が名水であっても、これにはかないますまい。」

悟空《ごくう》は壺《つぼ》の中をのぞきこみ、

「へえ、そういうことかあ……。」

と感心した。

敖広《ごうこう》のからだから出た水となると、飲み水にふさわしいかどうかという問題がないでもない。だが、からだから出たといっても、口からはきだしたわけでもないし、股《また》や尻《しり》から出たものでもない。

そんなことを気にしていたら、うまいものは味わえない。

悟空《ごくう》はそう思った。

女官《にょかん》がどこかから油紙《あぶらがみ》と紐《ひも》を持ってきた。そして、油紙《あぶらがみ》を壺《つぼ》にかぶせ、首のところを紐《ひも》でぐるぐるとしばった。はこぶときに、水がこぼれないようにするためだ。

そのようすを見ながら、敖広《ごうこう》がいった。

「この油紙《あぶらがみ》は竜宮油紙《りゅうぐうゆし》ですので、水ににおいはうつりませんから、ご安心ください。」

女官《にょかん》が作業を終えて、広間から出ていったところで、悟空《ごくう》が、

「じゃあ、いただいていくか。」

といって、立ちあがると、敖広《ごうこう》は、

「まだよろしいではないですか。」

と悟空《ごくう》をひきとめてから、いった。

「これからも、わたくしどもの主人のことをよろしくお願いいたします。」

「主人というと、広目天王《こうもくてんのう》のことだな。」

「さようでございます。」

「あいつとは、おれおまえの仲だ。おまえにいわれなくたって、よろしくやらあ。」

悟空《ごくう》はそういって、両手で大壺《おおつぼ》をかかえあげたのだった。

解説《かいせつ》

西戸四郎《にしどしろう》

『西遊記』の原作者は呉承恩《ごしょうおん》ということになっています。なっているというのは、ほんとうに呉承恩《ごしょうおん》が『西遊記』の作者なのかどうか、よくわからないからです。

『西遊記』の原作者が呉承恩《ごしょうおん》だったとしても、また、ほかのだれかだったとしても、『西遊記』という作品は、ひとりの人間が考え出した長い物語ではなく、玄奘三蔵《げんじょうさんぞう》や孫悟空《そんごくう》にまつわる話がいくつも集められ、ひとつにまとめられたものだと考えたほうがいいでしょう。今あるような形で書物になったのは、十六世紀の終わりごろのようです。

実在《じつざい》の玄奘三蔵《げんじょうさんぞう》は六〇二年生まれです。ですから、『西遊記』ができたのは、玄奘三蔵《げんじょうさんぞう》が生まれてからおよそ千年後ということになります。千年というのは、かなり長い時間で、たとえば、今から千年前というと、日本では平安時代です。呉承恩《ごしょうおん》であったとしても、ほかのだれかだったとしても、その人が玄奘三蔵《げんじょうさんぞう》や孫悟空《そんごくう》を主人公にして物語を書くということは、現代《げんだい》の日本人が平安時代に生きていた人のことを物語にして書くようなものです。

　これについて思い出すのは、偕成社から出ている斉藤洋の『白狐魔記《しらこまき》』です。『白狐魔記《しらこまき》』の第一巻《かん》『源平《げんぺい》の風』は源義経《みなもとのよしつね》と白狐魔丸《しらこままる》という狐《きつね》が出てきます。この狐《きつね》は人間に化身しますから、その点では、ちょっと孫悟空《そんごくう》に似《に》ています。

　それはともかく、実在《じつざい》の玄奘三蔵《げんじょうさんぞう》が天竺《てんじく》に向けて旅立ったのは六二九年で、六四五年に帰国しました。そして、帰国後、全十二巻《かん》の『大唐西域記《だいとうさいいきき》』を書き、これが一年後の六四六年にできあがります。これは、唐《とう》の皇帝《こうてい》に提出《ていしゅつ》した旅行の報告書《ほうこくしょ》です。

　もちろん、『大唐西域記《だいとうさいいきき》』は旅行の紀行文で、しかも皇帝《こうてい》に提出《ていしゅつ》するレポートのようなものですから、架空《かくう》の物語ではありません。孫悟空《そんごくう》も猪八戒《ちょはっかい》も沙悟《さご》浄《じょう》も登場してきません。ですが、『西遊記』を作っていった人々がこの『大唐《だいとう》西域記《さいいきき》』から、なんらかの形で影響《えいきょう》を受けたことは、まちがいないでしょう。だいたい昔のことを題材にして物語を書くときというのは、その時代のことをよくしらべたり、主人公にする人物のことをしらべるのがふつうです。

さて、その『西遊記』ですが、フィクションであり、玄奘三蔵《げんじょうさんぞう》の生い立ちも、実際《じっさい》とはちがっています。

実物の玄奘三蔵《げんじょうさんぞう》は、十歳《さい》のとき父親を亡《な》くしてはいますが、兄弟もあり、天《てん》涯孤独《がいこどく》の身ではありませんでした。ところが、『西遊記』の玄奘三蔵《げんじょうさんぞう》は、赤《あか》ん坊《ぼう》のとき、父親は殺され、母親は連れ去られて、自分自身は川に流されたところを拾われ、寺で育てられるという身の上です。

また、天竺《てんじく》への旅のきっかけは、実話では、自分で天竺《てんじく》にいきたいと望んだことを皇帝《こうてい》に許可《きょか》されず、密出国《みつしゅっこく》で唐《とう》を出奔《しゅっぽん》したのに対し、『西遊記』では皇《こう》帝《てい》の命令で、天竺《てんじく》に経《きょう》を取りにいくことになっています。

違法《いほう》出国で天竺《てんじく》にいったのと、帝《みかど》に命じられていったのでは、だいぶちがいます。観音菩薩《かんのんぼさつ》の意向による皇帝《こうてい》の命令によって、天竺《てんじく》にいったとするほうが、玄奘三蔵《げんじょうさんぞう》の品格《ひんかく》があがるかもしれません。また、密出国者《みつしゅっこくしゃ》、いわば犯罪者《はんざいしゃ》に観《かん》音菩薩《のんぼさつ》が護衛《ごえい》を三名もつけ、もとは竜《りゅう》の馬に乗せるというのも、いろいろな方面に、はばかりがあったのでしょう。つまり、観音菩薩《かんのんぼさつ》が唐《とう》の犯罪者《はんざいしゃ》を応援《おうえん》するというのはいかがなものかというわけです。

今の時代なら、むしろ、公費で留学《りゅうがく》するより、密出国《みつしゅっこく》による私費留学《しひりゅうがく》の話のほうが、話としておもしろみがあるかもしれません。

ところが、皇帝《こうてい》の命令によって、天竺《てんじく》に経《きょう》をもらいにいく旅と、違法《いほう》出国の留学《りゅうがく》とでは、外見上はだいぶちがうとはいっても、じつは物語の本質《ほんしつ》にとっては、たいした差ではないのです。実話と『西遊記』のあいだの重大なちがいは、玄奘三蔵《げんじょうさんぞう》が孤児《こじ》であったか、そうでなかったかというちがいです。

ここでひとつ考えてみなければならないことがあります。いったい、孫悟空《そんごくう》はいやいや玄奘三蔵《げんじょうさんぞう》にしたがって、天竺《てんじく》にいったのでしょうか。頭にはめられた緊箍《きんこ》をぐいぐいしめつけられるのがいやで、しぶしぶついていったのでしょうか。

そうではないでしょう！

玄奘三蔵《げんじょうさんぞう》と孫悟空《そんごくう》のあいだには、ある特別な感情的《かんじょうてき》なつながりがあり、ふたりの心の奥底《おくそこ》には、他人ではわかりずらい共感があったのです。玄奘三蔵《げんじょうさんぞう》は孫《そん》悟空《ごくう》についてきてほしかったし、孫悟空《そんごくう》もついていきたかったのです。それは、十六世紀の終わりころにできた『西遊記』でもそうだし、斉藤洋の『西遊記』

では、もっとそうなのです。
孤児《こじ》という点では、孫悟空《そんごくう》も同じです。いや、孫悟空《そんごくう》は石から生まれたのですから、生き物としての両親はいません。究極の孤児《こじ》です。

孤児《こじ》としての程度《ていど》の差はありますが、このふたりは幼少期《ようしょうき》に家庭の団欒《だんらん》を味わっていないという共通点があります。じつは、孤児《こじ》であるかどうかということよりも、幼少期《ようしょうき》に家庭の団欒《だんらん》を味わっていないことが問題なのですが、そういう、いわば、魂《たましい》の底を吹《ふ》きぬけるような孤児《こじ》の孤独《こどく》を経験《けいけん》しているからこそ、このふたりには、口に出さずとも、たがいに理解《りかい》しあえる何かがあり、その何かがふたりを強くむすびつけているのです。

いったい、あの時代に、拾われた孤児《こじ》が寺で修行《しゅぎょう》しながら、成長するには、どれほどの苦労があったか、それは、ある程度《ていど》は想像《そうぞう》できるでしょう。しかし、深いところまでは、なかなか想像《そうぞう》できないのではないでしょうか。つまり、なみたいていの苦労ではなかっただろうということです。

『西遊記』における三蔵《さんぞう》の旅は修行《しゅぎょう》の旅であり、艱難辛苦《かんなんしんく》を乗りこえて天竺《てんじく》から持ってきた経典《きょうてん》だからこそ、ありがたさもひとしおなのだと、そう考える人もいるようです。たしかに、妖怪《ようかい》に邪魔《じゃま》されっぱなしの旅で、いろいろとたいへんなことはあったのですが、だからといって、それが修行《しゅぎょう》だったかどうかは疑問《ぎもん》です。

幼少年時代の三蔵《さんぞう》の苦労にくらべれば、成長し、すでにエリート僧《そう》となった身でいく天竺《てんじく》への旅など、ほとんどピクニックと同じといってもいいくらいです。なにしろ、屈強《くっきょう》のガードマンが三人ついているし、乗り物はもと竜《りゅう》の馬です。しかも、万一のときは観音菩薩《かんのんぼさつ》がついているという、そういう旅なのです。三蔵《さんぞう》の天竺《てんじく》への旅は、けっして修行《しゅぎょう》の旅ではなく、多くの人々から信頼《しんらい》されしたわれる本当の高僧《こうそう》となるために、どうしても必要なあるものを体得するための旅であり、そのあるものというのはまさに、〈生きていくことは楽しい〉という実感なのです。

人間の喜怒哀楽《きどあいらく》のうち、怒《いか》りや哀《かな》しみは、三蔵《さんぞう》はすでに幼少期《ようしょうき》にたっぷりと味わわされていたでしょう。両親がおらず、帰る家もない小さな子どもが寺で修行《しゅぎょう》するのです。腹《はら》の立つことや、つらいことはたくさんあったでしょう。それでも、成長するにつれ、たとえば僧《そう》としての地位など、いろいろと獲得《かくとく》していったものもあります。ですから、何かを得たときに起こる喜びという感情《かんじょう》も、三蔵《さんぞう》は体でわかっていたにちがいありません。

だが、〈楽しい〉はどうでしょうか。

幼少年期に何百回、何千回とくりかえされる一家団欒《だんらん》を体験していない者には、たぶん、〈楽しい〉ということが言葉でしか理解《りかい》できないのではないでしょうか。しかし、多くの人々から信頼《しんらい》され、したわれる本当の高僧《こうそう》になって、人々を救うためには、喜怒哀楽《きどあいらく》のすべての感情《かんじょう》を体験している必要があったにちがいありません。ふつうの人間がわかることがわからない者に、つまり、楽しいということがなんなのかわからない者に、人の道、または仏《ほとけ》の道を説くことなどできるわけがありません。

たとえば、遠足の楽しさを知らない人に、ピクニックなんてくだらないなんていわれても、そんなのは聞きたくないではありませんか。

「そりゃあ、あんたは偉《えら》い坊《ぼう》さんだから、そうかもしれないけどね。」

と反論《はんろん》したくなります。

「ほう。高尾山《たかおさん》に行かれた？　この季節、さぞ気持ちがよかったでしょうなあ。

それで、名物のおそばは食べてこられましたか？　あれは、なかなかですよ。」といわれたほうが、そのあと、だいじなことを話されたとき、聞く気になるというものです。

孫悟空《そんごくう》は高僧《こうそう》になりたいなどとまるで思っていませんが、人間的な、いや、孫悟空《そんごくう》は猿《さる》だから、人間的というのは若干違和感《じゃっかんいわかん》がありますが、楽しいということがわからないでは、人間的な成長はありえないのです。

孫悟空《そんごくう》が一人前《いちにんまえ》の人間、いや、一人前《いちにんまえ》の猿《さる》、あるいはまた、物語の中の地位でいえば、〈闘戦勝仏《とうせんしょうぶつ》〉という来世名《らいせめい》を獲得《かくとく》するほどになるためには、もっといってしまうと、その来世名《らいせめい》も歯牙《しが》にもかけないようになるためには、体験として、喜怒哀楽《きどあいらく》のひとつでも欠けたところがあってはならず、玄奘三蔵《げんじょうさんぞう》と同じく、四つのピースの最後のひとつ、〈楽しい〉を獲得《かくとく》するための、いわば、擬《ぎ》似《じ》家族旅行がどうしても必要だったのです。その擬似《ぎじ》家族を構成《こうせい》するメンバーが猪八戒《ちょはっかい》であり、沙悟浄《さごじょう》であり、馬に姿《すがた》を変えている玉竜《ぎょくりゅう》です。

むろん、天竺《てんじく》への旅はたいへんなこともあります。いろいろな困難《こんなん》があり、その困難《こんなん》がまた三蔵《さんぞう》と悟空《ごくう》を成長させます。

孫悟空《そんごくう》を精神的《せいしんてき》に成長させる事件《じけん》は多々あるのですが、その中でも、とりわけ、孫悟空《そんごくう》を成長させることになるのは、理論社版《りろんしゃばん》、斉藤洋の『西遊記』でいうと、『第七巻《かん》　竜《りゅう》の巻《まき》』での、車遅国《しゃちこく》における羊力大仙《ようりきだいせん》、鹿力大仙《ろくりきだいせん》、虎力大仙《こりきだいせん》との対決です。これを機に、悟空《ごくう》は大きく精神的《せいしんてき》成長をとげます。

さて、そこで本書、『西遊後記　第三巻《かん》　河《か》の巻《まき》』ですが、その第一譚《だいたん》に登場する獺力大仙《だつりきだいせん》は虎力大仙《こりきだいせん》らの縁者《えんじゃ》です。その獺力大仙《だつりきだいせん》を圧倒的《あっとうてき》な力の差で破《やぶ》った悟空《ごくう》が、戦いのあとにとった行動こそが、車遅国《しゃちこく》での対決以降《いこう》、天竺《てんじく》から帰ったあとまで悟空《ごくう》の心に残っていたにちがいないわだかまりから、悟空《ごくう》自身を解放《かいほう》するのです。

呉承恩《ごしょうおん》作とされる『西遊記』と、それを下敷《したじ》きにしていると思われる斉藤洋の『西遊記』の決定的なちがいは、呉承恩《ごしょうおん》の『西遊記』が、あえていうなら、どこかに宗教的《しゅうきょうてき》な宣伝《せんでん》を含《ふく》む、たんなる伝奇《でんき》小説であるのに対し、斉藤洋の『西遊記』が伝奇《でんき》小説という形をとった教養小説だということです。

教養小説というのは、主人公の成長を描《えが》く小説ということです。主人公がただの知識《ちしき》ではなく、人生に役立つほんとうの教養を身につけていく過程《かてい》を描《えが》く小説を教養小説といいます。斉藤洋の『西遊記』は教養小説であり、だからこそ、その中では、玄奘三蔵《げんじょうさんぞう》と孫悟空《そんごくう》の成長が問題になってくるのです。

たんなる伝奇《でんき》小説ではないということは、悟空の観音菩薩《かんのんぼさつ》との関係にもあらわれています。呉承恩《ごしょうおん》の『西遊記』では、観音菩薩《かんのんぼさつ》はこまったときにたよれる〈機械仕掛《じか》けの神〉であり、悟空はつねに観音菩薩《かんのんぼさつ》の下に立たざるをえません。

ところが、斉藤洋の『西遊記』では、観音菩薩《かんのんぼさつ》は孫悟空《そんごくう》の、とりわけ玄奘三蔵《げんじょうさんぞう》をめぐってのライバルなのです。孫悟空《そんごくう》にしてみれば、絶対《ぜったい》にたよりたくないのが観音菩薩《かんのんぼさつ》であり、それは、この『西遊記』中に何度もあらわれる「やい、観音《かんのん》。」という言葉によくあらわれています。

その孫悟空《そんごくう》は、成長するにつれて、観音菩薩《かんのんぼさつ》に対して、いわば余裕《よゆう》が出てきます。言葉をかえていえば、それほどむきになる必要のない相手になってくるのです。まさに、そのことこそが悟空の成長をあらわしているではありませんか。

さて、その斉藤洋の『西遊記』ですが、この『西遊後記　第三巻《かん》』が出版《しゅっぱん》される段階《だんかい》で、まだ本編《ほんぺん》が完結しておらず、第十巻《かん》でとまっています。『西遊後記』が三巻《かん》そろったら、本編《ほんぺん》の『西遊記』の第十一巻《かん》に戻《もど》るということになっているようですが、残りの本編《ほんぺん》『西遊記』で、悟空がどのような事件《じけん》にめぐりあい、どのように成長するのか、楽しみです。

最後に、蛇足《だそく》かもしれませんが、読者の誤解《ごかい》をさけるために、つけたしておくと、『西遊記』の後日談たるこの『西遊後記』は斉藤洋の創作《そうさく》です。

また『西遊後記』に登場する人物のうち、辯機《べんき》は実在《じつざい》の玄奘三蔵《げんじょうさんぞう》の弟子《でし》で、実在《じつざい》の玄奘三蔵《げんじょうさんぞう》が書いた『大唐西域記《だいとうさいいきき》』の編集《へんしゅう》にたずさわっていたということです。

◇この作品は、呉承恩の『西遊記』をもとに独自の視点で書き直した斉藤洋の「西遊記」シリーズの外伝として、新たに創作されたものです。

作者◆斉藤　洋（さいとう・ひろし）
1952年東京に生まれる。1986年『ルドルフとイッパイアッテナ』で講談社児童文学新人賞を受賞。1988年『ルドルフともだちひとりだち』で野間児童文芸新人賞を受賞。1991年「路傍の石」幼少年文学賞を受賞。2013年『ルドルフとスノーホワイト』で野間児童文芸賞を受賞。主な作品に、『ドルオーテ』『ルーディーボール』（以上はすべて講談社）「なん者ひなた丸」シリーズ（あかね書房）『白狐魔記』（偕成社）『影の迷宮』（小峰書店）『風力鉄道に乗って』『テーオバルトの騎士道入門』『あやかしファンタジア』（理論社）などがある。

画家◆広瀬　弦（ひろせ・げん）
1968年東京に生まれる。絵本、本の挿絵などを数多く手掛ける。作品に、『ハリィの山』（ブロンズ新社）『ミーノのおつかい』『おおきなテーブル』『パコ』（ポプラ社）『冥界伝説・たかむらの井戸』（あかね書房）『まり』（クレヨンハウス）『ねこどこどこにゃあ』（小学館）『タートル・ストーリー』『にじとそらのつくりかた』（理論社）などがある。

西遊後記《さいゆうこうき》 三　河《か》の巻

2014年11月初版
2014年11月第1刷発行

作者　斉藤 洋
画家　広瀬 弦
発行者　齋藤廣達
発行所　株式会社理論社
〒103-0001　東京都中央区日本橋小伝馬町9-10
電話　営業03-6264-8890
　　　編集03-6264-8891
URL http://www.rironsha.com

デザイン　富澤祐次
組版　アジュール
印刷・製本　図書印刷
編集　小宮山民人

ISBN978-4-652-20016-2　NDC913　A5変型判　21cm　P206